寺內貫太郎一家

Mukoda Kuniko
向田邦子 著　蘇炳煌 譯

目錄

身家調查　〇〇五
石頭　〇一七
跛腳的小狗　〇四一
EGG　〇六三
鼠難日　〇八五
螢之光　一〇七
玻璃彈珠　一三三

智齒　一五三
惡作劇　一七五
祭典鼓聲　一九九
梅雨之客　二三五
初戀　二四五

身家調查

寺內貫太郎

東京谷中區有一家「寺內石材店」，人稱「石貫」，寺內貫太郎正是這家店的老闆，正確的說，他是第三代。正值五十盛年，身高一百八十公分，體重一百〇一公斤，龐大的身軀經常穿著印有「石貫」的短外褂、舊式的日本褲裙圍著腰布，脖子上掛著的成田山求來的護身符隨著主人走動在胸前左搖右晃，看起來氣勢十足。

根據貫太郎的說法，再也沒有比石材店更好的生意了，他說：

「石頭這種東西，不怕偷，火災、地震傷不了它，也不用擔心被水沖走。」

他也說，滿口大道理沒有用，身體力行，用心去做就對了——貫太郎的人生哲學全部來自石頭給他的啓示。

貫太郎養了一對兒女，他拙於言詞、專橫獨斷、脾氣暴躁，生起氣來拳頭比嘴巴快，受遭殃的往往飛到兩公尺外，不過貫太郎其實是個感情豐富的人。領教過他拳腳的，連女人也無法倖免，從老婆里子、長女靜江、幫傭美代子，甚至連親生母親琴也不例外。不過他生就一張令人發噱的滑稽長相，就像在一個三角形飯團上貼上西鄉隆盛的眼睛鼻子一樣，讓人不禁忘了他的壞。不光是長相討喜，身邊的人也深知他的情深義重，才忍受得了他的壞脾氣。如果說貫太郎的體重是常人的兩倍，那他的體貼也比人多了兩倍，只可惜他生性害羞，羞於流露情感，對七十歲的老母儘管嘴巴上冷冷地說：「對老人家太好，她很容易早死。」但背地裡事親至孝很令人感動。對老婆里子也是如此，有時後悔對她生氣過了頭，事後還會去買塊綢緞不發一語扔給她，也不管花色合不合適。

和他的大塊頭不相稱的是他的純情。全家人一起看電視，看到情愛場面時，他總是一副忸怩的樣子；長子周平帶朋友回家吃飯，酒酣耳熱之際大家一塊唱起情歌，儘管唱的是耳熟能詳的老歌，唱到露骨的地方，如果湊巧年輕的美代子在場，貫太郎會刻意扯著嗓門大喊「萬歲」、「萬歲」，免得美代子聽了尷尬。

貫太郎工作勤奮，很會畫設計圖，尤其是刻墓碑上的戒名，技法更是高超嫻熟，堪稱專家。可是他在生活中卻總是顯得笨手笨腳，吃東西常掉得一地都是，折的紙飛機不會飛，只會掉在腳跟前。胖得連鞋帶都沒法自己綁。用挖耳杓掏耳垢，每每搞得自己耳朵發疼，削鉛筆時一定會削斷筆芯。所以，他總是「喂！」「喂！」喊著老婆里子過去幫忙。

貫太郎喜歡——義理人情、晴朗無雲的好天氣、富士山、小孩，「勘太郎月夜之歌」以及吃紅豆飯。

他討厭——說謊、沒禮貌、阿諛奉承、蜘蛛、老鼠、婦女解放運動和假睫毛。

貫太郎一家生意興隆、幸福美滿，但眼前他正煩惱著兒子周平的大學聯考和女兒靜江的婚事。

他常說要把女兒許配給連自己都中意的夫婿，然而靜江帶回來的卻是一個離過婚、帶著拖油瓶的男人。

寺內里子

貫太郎之妻，小貫太郎四歲，身材嬌小，體重還不及貫太郎的一半。經常頭挽髮髻，一身樸素的和服打扮，成天操勞家務，忙得團團轉。她膚色白皙，風韻猶存，溫柔體貼，但很堅強，具有傳統的日本婦女風範。

里子的娘家是當官的，她在優渥的環境中度過少女時代，透過相親和貫太郎結為夫妻。當年瘦骨如柴的貫太郎在相親席上見到里子，頓時臉紅耳熱活像一只熟透的蕃茄。當年對里子一見鍾情的貫太郎，即便到了兩人即將邁進銀婚（結婚二十五週年）的現在，依然保有那份初衷。里子深知丈夫的這份情意，即使遭到丈夫的粗言粗語和毆打，依舊無怨無悔一路相挺。儘管對貫太郎的頑固和粗暴抱怨頻頻，該說話時，她總會毫無顧忌地炫耀道：「我家多桑是全日本第一喲！」是個很可愛的妻子，夫婦感情很融洽。

而讓里子傷腦筋的不只是貫太郎而已，還有難以取悅的婆婆——寺內琴，一對子女也常惹麻煩，以及一群古里古怪的員工、幫傭。貫太郎家大大小小的糾紛，最後總會交由里子排解，不過，這並不代表里子是個稱職的仲裁人。

「這該怎麼辦才好啊？眞是傷腦筋哩。」

表面上她只是和大家一起傷腦筋，什麼也沒做，但難局總能朝好的方向發展。從這點看來，里子眞可稱得上是賢妻良母。

「卡桑笨笨的，什麼都不懂。」

里子嘴上這麼說，其實凡事了然於胸。每當遇到地震、打雷，相較於慌慌張張的貫太郎，她的表現可謂穩如泰山。而總是扯著嗓門、動作粗魯的貫太郎不過就是里子這如來佛掌中的孫悟空罷了。

里子的聲音像女學生般可愛，總是咯咯笑個不停；雖是個女人家，卻常有驚人之語，聽得人心驚肉跳。她不太會做菜，手工藝更不行，常被婆婆恥笑笨手笨腳，讓里子感到難堪。不，或許這是她應付婆婆的伎倆也不一定。在家人面前，她尊敬丈夫，唯唯諾諾，不過夫妻獨處時，她會施以小小的以牙還牙，討回一點白天受到的委屈。里子也很受家裡的工人、幫傭愛戴。

寺內靜江

寺內家長女，今年二十三歲，遺傳了母親漂亮的臉蛋和一雙美腿。可惜行動時左腳有點跛，那是小時候在父親的作坊遭石頭砸傷留下的後遺症。

靜江性格開朗，做事俐落，除了協助家務，也在貫太郎的店裡幫忙，負責接聽電話、整理帳務。對於左腳的遺憾，靜江不曾對父母有過任何抱怨，而貫太郎也沒有因此特別溺愛她。由於自己的疏忽造成女兒無法挽回的傷痛，貫太郎不是不感到內疚，只是刻意視而不見，一視同仁。而這一點，也是靜江喜愛父親的地方。

靜江很愛笑，和小四歲的弟弟感情很好。她從沒燙過頭髮，總是垂著一頭長髮，也不化妝，話不多，下定決心要做的事，說眞格的，想盡辦法也要做到。如此堅毅的個性，或許是受到「左腳」的影響吧。

靜江最近戀愛了。對象是三十二歲的上條，在石材公司上班，和妻子離婚後，他獨力扶養四歲的兒子，父親貫太郎想必不會輕易答應他們的婚事……

寺內周平

貫太郎的長子，大學聯考落榜，目前在補習班上課。隨著年齡增長，身心皆順利茁壯，長到了一百八十一公分，本人雖然嚮往時下年輕人崇尙的冷漠性格，卻無法掙脫寺內家族的血緣——感情豐富。這點讓周平引以爲恥。但一看到父親毆打母親，或聽到別人取笑姊姊的行動不便，又奮不顧身上前揪住對方，甚至出手還擊。

儘管痛恨父親的專橫獨斷、愛動粗，但最愛父親的，仍非周平莫屬，而這也是令周平感到羞恥的祕密之一。貫太郎打算讓長子繼承第四代，周平卻礙難從命，一想到得成天到晚面對石頭「咚、咚、咚」敲個不停，他便頭昏腦脹。

周平是個體育健將，可惜腦袋平庸無奇。「再落榜，你就回『石貫』幫忙！」

聽到父親的怒斥，周平決心非考上大學不可。不過漫畫遠比字典有趣得多，又得忙著大力相挺姊姊的戀情，練習吉他，擔心足球球技荒廢，在意家中可愛的幫傭美代子——這就是青春，快樂多，煩惱也不少。順帶一提，有人說周平長得很像人氣歌手西城秀樹（註）。

寺內琴

明治三十七年出生於新潟縣，小學畢業後，十七歲時上京，住進「石貫」當女傭。愛上了大她三歲的第二代貫太郎，鬧出一場家庭革命後，兩人結婚，琴成爲「石貫」的媳婦。婚後忍受婆婆的百般刁難，生下長男第三代貫太郎，後來婆婆去世，丈夫也在十五年前撒手人寰。現年七十歲，身心健康，生活十分愜意。

寺內琴的嗜好是說風涼話及惡作劇。比如說，吃飯時她會說：「嚼那麼久，小心飯在嘴巴裡變大便哪。」看到全家人那副噁心的表情，是她促進食慾的最佳良方。有

註一：一九七〇年代，紅極一時的日本人氣歌手。事實上，日劇版的「周平」即由西城秀樹飾演。

時她會故意吃得到處髒兮兮，惹得身邊的孫子周平直嚷著：「阿嬤好髒喔！」她便不甘示弱地推著周平說：「你看看，才學會撒尿就這麼會耍嘴皮子了！」

寺內琴時不時嘲笑沒耐性、笨手笨腳的胖兒子貫太郎，對貌美的媳婦百般挑剔，和孫子吵架，欺負家裡的幫傭美代子，簡直就是無惡不作。

明明很愛漂亮，卻又故意穿得邋裡邋遢。她的註冊商標是那雙露出手指的手套和藏青色圍裙。那身裝扮似乎也是爲了方便她臨時起意惡作劇，或和人吵架。

她動不動就可憐兮兮地說：「你們都欺負老人家！」一旦對方中了計，她就逮住機會大佔便宜。能吃能睡，活到一百歲都不成問題，好色貪心、狡猾、愛說謊，卻又喜歡鬧彆扭、總是渴望被愛，常常大哭大笑，又有超乎常人兩倍的好奇心。

即使已經高齡七十，她還是很趕時髦，更是歌手澤田研二的大粉絲，房裡貼了偶像的海報，每天不扭著身子對著海報大喊一聲「Julie（註）啊！」，大小便就不順暢。特殊才藝是彈琵琶和說人壞話。

相馬美代子

十七歲，出生於新潟縣，和寺內琴同鄉。自幼父亡，母親也在她高中畢業前夕病逝。經由寺內家的世交樋口先生介紹，來到寺內家當幫傭。長相很討人喜愛，個性天眞老實，其實骨子裡很固執，看到貫太郎動不動就出手打老闆娘，總會挺身而出，打抱不平。

孑然一身的美代子處在熱鬧、情感深厚的寺內家，有時會感到不是滋味。一想到在東京這廣大天空之下，竟然找不到能夠庇護自己的人，美代子的眼淚便不禁撲簌簌流下。

她不時得聽琴阿嬤的冷嘲熱諷，遭受石工爲公的調戲，此外，從報紙的擺放到涼鞋的脫法，一舉一動貫太郎都有意見。美代子飽嚐寄人籬下的冷暖，一度相當沮喪，但一次機會讓她驚覺到自己身處的環境有多溫暖，才又振奮起精神。

對獅阿岩

他有個體面的名字「倉島岩次郎」，不過如果你這麼稱呼他，他可能不會回應。大家都叫他阿岩師傅。他從第二代時便在「石貫」工作，是已有五十年經驗的老手，若論起雕刻對獅的技藝，在業界無人能出其右。

阿岩師傅比琴小兩歲，他還是學徒時，琴來到「石貫」當女傭，聽說當時兩人之間有一些心結，據說是因爲阿岩師傅愛慕著貌美的琴，而琴嫁給了小老闆。有人曾當

註：澤田研二是日本一九七〇年代的代表偶像明星之一，因崇拜欣賞美國女星茱麗・安德魯斯（Julie Andrews），被歌迷們暱稱為「Julie」。

面問他這件事，而他只是臭著臉撇過頭，丟下一句：「沒這回事！」

阿岩師傅結過婚，有自己的家庭，不過妻子過世後，又重新過起光棍生活。寺內家替員工就近租了一間公寓，他和石工爲公一起住在那兒。聽說他兒子在一家大公司上班，不知道是做父親的性情古怪，還是做兒子的刻薄無情，父子倆極少見面。

貫太郎在工作上很挑剔，但是對於阿岩師傅鑑定石頭的眼力以及雕刻對獅的本領一向敬重。阿岩師傅雖然行事粗魯，卻不時顯現溫柔體貼的一面。貫太郎看到阿岩師傅就像看到了亡父，而阿岩師傅也因爲「某些緣由」將他當作自己兒子看待。

阿岩師傅儘管個頭矮小，其貌不揚，不過從動作身段可窺他年輕時風流的丰采。此外，一碰到麻煩事就裝傻也是他的強項。

為公

本名叫神原爲光，是阿岩師傅的徒弟，來「石貫」已經快八年了，還沒「出師」。既沒女朋友，也沒存多少錢。或許是難爲情，打三年前起，只要被問到年紀，他都一律回答是「二十五歲」。

個性開朗，是爛好人一個。也因爲太好說話，顯得不夠穩重，工作也老是出差錯，常被貫太郎教訓。他曾經暗戀過小姐靜江，後來自覺對方高不可攀才作罷，對美代子儼然以兄長自居，卻又暗生情愫，可惜爲公外貌不能說出眾，這份心意想必無望。然而，這一點也讓視爲公如己出的阿岩感到很不高興。至於他的出身和成長背景，似乎不大順遂，不時會流露與平日的他判若兩人的寂寞表情。

花隈

「石貫」對面的花店主人，與貫太郎同年，但體重只有貫太郎的一半，胸毛濃密，頭上卻小毛兩三根，只能說老天是公平的。妻子已經往生，現在光棍一個。

他喚貫太郎「阿貫」，常膩著貫太郎，像個跟班。講話帶東北口音，好色卻又膽子小，是他的特色。

石頭

貫太郎起得很早。

冬天大多六點醒來，當上野寬永寺的晨鐘聲乘風飄盪過來時，貫太郎已經起床了。早報會在他合十膜拜神壇的前後時刻，塞進「寺內石材店」辦公室玻璃門縫，一年三百六十五天，大抵不變。

貫太郎身穿印有「石貫」字樣的短外褂，頂著一顆花白的大平頭，對著神壇鞠躬拍手膜拜，途中停下手，大聲呼喊：

「喂！喂！」

「怎麼啦？」

老婆里子端著要供在神壇上的水碎步跑了過來。

「慢吞吞搞什麼啊！」

「對不起！」

里子早已習慣貫太郎的大嗓門，並不在意，她神態自若地向丈夫道歉，幫忙將貫太郎掛在脖子上的成田山護身符塞進腰帶裡，順手拍拍他壯觀的啤酒肚，貫太郎則板著一張臉，假裝沒看到的樣子。這情景簡像就像小孩子上學前，母親叮嚀著「出門小心喔」，順手拍拍孩子的書包似的。貫太郎儘管專橫跋扈，一些大大小小的事還是得仰仗老婆里子。

貫太郎走進作坊，尚沒完成的墓碑、對獅以及一些原石靜靜佇立在原地，他滿足地環視一周，坐定火爐前，用風箱引燃爐火。這也是貫太郎每天的例行公事。

里子拿著大掃帚，穿過辦公室與作坊之間的木門，走進庭院，差點被門口的一顆大石頭絆倒。她請丈夫把石頭搬開，而主張「男主外」的貫太郎嘴上雖然答應了，卻不見行動。

長女靜江起床來到庭院，撿起落在里子肩上的枯葉，若無其事地問道：

「多桑……生氣了嗎？」

里子想了一下，回說：「還好吧。」

靜江鬆了一口氣，上樓去叫弟弟周平起床。

靜江的男友下午將登門拜訪，從對方的條件來看，以貫太郎的脾性，不可能沒意見。

「希望今天可以一切順利。」里子在心裡祈禱著。

周平也同樣擔心。

「多桑能平心靜氣和他見面嗎？」

「人都要來了，只能看著辦了。」

周平輕輕地拍了拍靜江的肩，似乎在說：老姊，眞有妳的。

而家族中最後要登場的，是寺內家最有個性的祖母——琴，此刻她正在賣力擦著自己房門外的走廊。

「阿嬤，不是跟妳說不用做的嗎？」

里子想搶走琴的抹布，琴發揮老人特有的敏捷行動，巧妙地避開了，同時嘴裡發出「哎唷唷！」的吆喝，執意抓緊手中的抹布。

「再等兩三天就會有女傭來上工了。」

「我又沒叫妳雇什麼女傭。」

「她和阿嬤都出身新潟，妳們一定會很聊得來的。」

「算了吧，我會做到倒下去為止，不用為我費心。」

琴手上的抹布最後總算被搶了過去，寺內家的早餐也正式開動。

貫太郎的吃相「挺有看頭」。他手捧大碗公，以橫掃千軍之勢猛力扒飯，味噌湯喝得滋滋作響。

「不好好吃飯的傢伙不能信任！」

這是貫太郎的信條。

若要說看頭，琴的吃相也「值得一瞧」——飯粒菜屑掉得到處都是，嘴裡塞滿了飯粒突然來個噴嚏，坐在隔壁的周平只能端著飯碗逃開，抱怨：

「眞是噁心！」

貫太郎不一會兒就吃完一碗飯，里子伸手準備再幫他盛一碗，靜江說「我來」，要接過碗去。而貫太郎看也沒看女兒一眼，默不作聲將飯碗擱在一旁。

「唉喲！吃飽了嗎？」里子詫異地問。

「把我的西裝拿出來，吃完午飯我要出去。」

貫太郎說完準備離開，里子忙擋在前面。

「多桑，下午靜江的……」

貫太郎推開用眼神示意的里子。

「昨晚你不是說願意和對方見個面嗎？」

「何必要跟那種人見面。」

「多桑！」

「想見妳自己見！」

貫太郎狠狠推倒擋在前面的里子。

「你這是幹嘛啊！」

周平跳出來說話，不過同樣被貫太郎一手扳倒，重重跌到庭院裡。

「可惡！」

爬起身的周平正想要反擊，看到一旁站著個提著行李的年輕女孩，嚇了一大跳，對方也是大吃一驚。原來是從新潟來的幫傭相馬美代子來了。

早上的混戰因爲美代子的出現暫時停火，突然被捲進這場風暴的美代子表情顯得有些膽戰心驚，幸虧里子的溫柔笑臉和靜江、周平和藹可親的態度，讓她稍稍安下心來。就連宛如兇神惡煞的大個子老闆也招呼她：

「吃過飯了嗎？」

儘管貫太郎繃著一張臉，仍聽得出他話語中的關懷之情。只有琴阿嬤一聲不吭瞪著她看。美代子還是第一次在別人家裡吃早飯。

對美代子而言，在貫太郎家的所見所聞，全是新鮮的體驗。

「石材店不是只做墓碑而已，還做紀念碑、石臼、石燈籠……」

里子領著美代子認識環境，向她說明石材店的生意，也替她引見阿岩師傅。

「阿岩，這是家裡新來的幫手。」

「我叫美代子，請多多指教。」

阿岩沒有停下拿著鑿子的手，儘管看起來脾氣彆扭、不好親近，但他瞪著美代子瞧的眼神裡卻透著親切。另一個石工爲公先是擺架子說：「好好幹啊！」說完又皺起活像燒賣的一張圓臉，嘿嘿嘿地衝著美代子笑。

美代子看他們都不像是壞人，這才放下心。

而最令美代子吃驚的是一座吊橋，那橋連接了正房和琴的住所。

「阿嬤如果心情不好，就會把吊橋拉起來。」

里子笑著向一臉詫異的美代子說明。明明這裡又沒有河，走庭院就過得去，不過琴阿嬤就是喜歡這一套。

美代子被安置在琴房間隔壁的一間三塊塌塌米大房間。由於沒料到她今天就會來，房間還沒整理，靜江、周平趕忙搬走房裡的雜物，美代子也一起幫忙。突然，她發現靜江的左腳一跛一跛的，以為是方才被自己的行李撞傷的緣故，美代子靠近靜江，問：「妳的腳還會痛嗎？」

靜江笑著回答：「從小就這樣子了啊。」

沒想到這麼漂亮的人竟然瘸了腳……。美代子提著行李愣在原地，一臉茫然，就連周平接過她的行李，都沒發覺。

琴心裡感覺很不是滋味。

有關孫女靜江男友一事，只有她被蒙在鼓裡，毫無所悉……

「現在才告訴您，眞不好意思啊。」里子忙著安撫她。

「沒關係啦，我又沒問，你們沒意見就好……」

琴抱著裝甘納豆的袋子，心裡不舒坦，又忍不住想打聽個究竟，問：

「他今年幾歲啊？」

里子說對方三十二歲，是高濱石材公司的業務員，半年前靜江去處理帳款糾紛的時候認識的。

「里子，妳先前也不知道嗎？」

「是我疏忽了，小靜這孩子什麼都不說，昨天對面花店的花隈先生說要幫小靜安排相親，這孩子才說她有交往的人，只是怕多桑生氣……」

「有什麼好生氣的？」

「因爲，對方離過婚了。」

琴和里子站在琴房門前的走廊細聲交談。個子瘦長、穿著牛仔褲的周平扛著行李進進出出，美代子穿著白襪子，一雙腿很結實，而靜江「嘎噔、嘎噔」的腳步聲明顯和另外兩人不同，里子看著靜江勻稱的腿，繼續說：

「顧慮到靜江的腳，多桑執意要幫她找個他滿意的好人家。」

「對方叫什麼名字來著？」

「上條……」

說完，琴和里子同時嘆了長長的一口氣。

客廳的掛鐘發出悶響，告知此刻是午後一點。

「有人在嗎？」

聽到低沉的男聲，靜江立刻跑了出去。

打開玄關門，一個小男孩突地撲到靜江懷裡，嚇了她一大跳。

「阿姨！」

「阿守……」

上條就站在小男孩身後。

「上條先生，我們不是講好今天你一個人來的嗎？」

「我想還是帶阿守來比較好……」

站在靜江身後的里子緊張地嚥下一口口水，問：

「……這是你兒子嗎？」

「是的。」

「……請進請進。」

貫太郎坐在和玄關一牆之隔的辦公室裡，手不自主地顫動著。

「爸爸，有好多大石頭耶！」

小孩子天眞無邪地喊著，進到屋裡。里子走進辦公室喚貫太郎。

「多桑，到客廳來吧？」

「妳不是這麼講的吧，」貫太郎忿忿地說。「我沒聽說有小孩子啊！」

「我也是現在才知道。」

「不要讓他進來，叫他滾回去！」

「人家特地登門拜訪，卻要讓他吃閉門羹，沒道理啊，好歹見個面嘛。」

「沒這必要！」

「……你也替靜江想想，我也拜託你。」

里子雙手扶著桌子，低著頭懇求丈夫。

靜江靜靜地坐在客廳，事到如今也只能聽天由命了。上條也不發一語等待著。不注重穿著的他，平常總是穿著同一件卡其色運動外套，不過今天他特地換上了黑西裝。阿守似乎也發覺了爸爸和阿姨的反常，收斂平日的調皮，表現得很乖巧。

走廊的地板發出吱嘎聲，里子半推著貫太郎進來。

貫太郎一屁股坐在上座，盤著腿，別過身去，不看其他人。

「我是上條。」

貫太郎不說話。

「這是我兒子。」

上條介紹阿守，貫太郎仍是愛理不理，這時，突然傳來阿守小聲的驚呼。他似乎是被貫太郎龐大的身形嚇著了，嘴巴張得大大的，直盯著貫太郎看。看到他天眞無邪的模樣，貫太郎的氣勢也削弱了大半，他長長地吐了一口氣，顯得坐立不安，開始找起菸來。

「很不好意思，冒昧……」

打擾了——正當上條要接著說，靜江搶先說話了。

「多桑，我並不打算瞞著您，只是一開始就挑明他有小孩子的話，多桑一定會反對。我希望您好好認識他之後，再告訴您這件事——上條先生也說了這樣不好，是我堅持要這麼做的。」

「你在找菸嗎？」

里子替貫太郎從腰布裡掏出香菸，遞給偏著頭一臉怒容的他，但貫太郎一把揮開里子的手。無可奈何的里子只好轉向阿守，笑著問他：

「你幾歲啊？」

「四歲。」

「叫什麼名字呢？」

「我叫阿守！」阿守開心地大聲回答。

「阿守，要喝茶茶嗎？」

「我要喝果汁。」

「好好，沒問題，美代子麻煩妳倒一杯果汁來。」

「好的。」

結果，從廚房裡同時傳來了美代子和琴的應答。客廳裡一片靜默，里子偷偷打量著上條，他雖有幾分陰鬱氣質，但一臉精幹，肌肉結實。話不多，不過舉止得宜，給人的感覺不差。里子能懂靜江爲什麼會被他所吸引，不過這也正是身爲母親憂心的地方，上條和他的前妻爲什麼會分開呢？

貫太郎默不作聲抽著菸，靜江靜靜地望著紫色的煙霧飄向窗外。里子知道如果她不開口，就無法打破僵局。

「上條先生，府上哪裡啊？」

靜江爲了袒護口拙的上條，搶著回答：「在池之端的……」

「不是在問妳！」

阿守聽到貫太郎的怒斥，眼睛睜得大大的。

「多桑……」里子趕忙安撫丈夫，笑著對阿守說：「阿公的嗓門很大吧。」

「我住在池之端的公寓。」上條低聲回答。

「講話細聲細氣的，哪像個男子漢！」

里子拉拉貫太郎的衣袖，要他冷靜，但貫太郎的話語已像出閘的洪水，再也控制不了。

「你們把結婚當成什麼？就算是領養貓、狗也要講禮數，何況是婚姻大事！」

貫太郎積壓的怨氣傾瀉而出，而圍著腰布的肚皮也隨著急促的呼吸如波浪般起伏，阿守忍不住出指輕輕碰了碰波浪的中心，也就是貫太郎的肚臍。受到這突如其來的一擊，貫太郎的氣勢頓時消滅，愛笑的里子也噗哧地笑了出來。

這時，有人推開了門，琴笑咪咪地端著果汁進來。她今天難得地擦上了口紅。

「歡迎光臨。」

「這位是我阿嬤……」

上條恭恭敬敬地低頭欠身。

作坊裡，美代子正在替工人們準備下午的點心。

阿岩師傅、爲公及對面花店的老闆花隈齊聚一堂，豎耳傾聽著客廳裡的動靜。

「什麼？對方還帶個拖油瓶！是真的嗎？」爲公尖著嗓子喊道。

「小靜才二十三歲，人又漂亮，何必去當人家的續弦呢。」

花隈一向把靜江當成自己女兒疼愛，這消息令他很沮喪。

「這下問題可大了……」

只有阿岩師傅不發一語，拿著鑿子咚咚地雕著他的對獅。

暗自著急的人不只他們，還有周平。他被吆喝上樓唸書，然而怎麼也靜不下心來。他把冰袋綁在頭上，想從廚房探看客廳情況，聽到母親開朗地說：

「這一帶可以看到不少稀奇的鳥喔。」

里子絞盡腦汁想找話題圓場。阿守則親熱地靠著靜江，要她幫忙折紙。

「現在這時節，看得到山鳩、黃道眉、短腳鵯、麥蒔鳥……」

貫太郎冷不防地站起身。

「我還有工作，要走了。」

「多桑，再坐一下吧。」

但是上條這時也將座墊後挪，說道：「我也該告辭了……」

「這樣啊，招待不周眞不好意思啊。」里子說。

上條直直地望著貫太郎，說道：「寺內先生，我還會再來。」

貫太郎沒有回答，只是睜著銅鈴般的大眼死瞪著他。阿守則天眞無邪地向眾人揮手，喊著：「拜拜！」

貫太郎猶豫了片刻，終究硬不下心腸，笨拙地擺動著根根宛如拇指般肥大的手指，從唇間擠出一聲回應。

「拜拜！」

里子和靜江送客人到玄關，貫太郎沒有跟去。輕輕走進門的琴，拿起沒人碰的「最中」麻糬吃著，愉快地喃喃自語：

「哎呀呀，這下可麻煩了……」

美代子、爲公、花隈三人躲在作坊的墓碑後頭，看著靜江送走客人，目送牽著阿守的上條離去。阿岩師傅也抬起頭，瞥了一眼。

「哎呀呀，這下可麻煩了……」

爲公和花隈也異口同聲地說。

「什麼，妳再說一遍！我哪裡不對了？」

里子難得在家人面前公然頂撞貫太郎，她說：

「老公，你太沒禮貌了。這樣對上條先生太失禮了。」

「失禮的是那傢伙，隨便對人家的女兒出手！」

「是我先愛上他的。」靜江打斷父親的話。

「靜江，那人可是結過婚還有個拖油瓶，妳要嫁給他？」

「那又怎麼樣？」

貫太郎氣得說不出話來。轉而對里子咆哮：「喂，妳倒說說看！」

「這個嘛，」里子嘟囔著說。「我當然也覺得沒結過婚的比較好，可是如果靜江就是要嫁他，那也沒辦法啊……」

「給我說清楚！妳到底是贊成還是反對？」

「要我怎麼說呢……」

「我養妳二十三年，可不是要把妳嫁給那種男人！」

「請多桑不要用『那種男人』來說上條先生。」

「自己不檢點，還逞口舌之快！」

「多桑，我沒有做出不檢點的事。」靜江堅定地看著父親。

「妳，妳，妳根本不懂做父母的心情——」

貫太郎話還沒講完，已經先出手，一巴掌摑在靜江臉頰上。想護著靜江的里子慢了一步。周平一腳踹開拉門，衝了進來。

「姊姊！」

周平衝到摀著臉蹲在地上的靜江身旁。琴站了起來，一臉害怕的美代子則站在她身後。

「小靜……」

里子話還沒說完，靜江瞪了父親一眼，逕自拖著不方便的左腳離開。

「多桑！看你做的好事，」這次輪到里子抓著貫太郎。「不懂別人心情的人是多桑你！」

貫太郎想掙脫，但里子緊揪住他的衣襟不放，繼續說：「這孩子曾因爲她的腳怨過我們嗎？是天生的也就算了，但她的傷是因爲我們做父母的不小心啊。」

「這和妳無關！」

「這孩子受傷後，我最怕十一月了，十一月學校會辦運動會，每次賽跑，她總是笑咪咪地認眞跑著，每次都跑在最後，好可憐吶。即使如此，她總會拿著安慰獎送的鉛筆獻給多桑，難道你忘了嗎？」

里子搖晃著丈夫的身體，斗大的淚珠撲簌簌落下。貫太郎心頭早已一陣酸楚，淚水伴著鼻涕不爭氣地湧出，可是又拉不下臉。

「那又怎麼樣，難道就因為她的腳不方便，我們就只能由著她嗎！」

「話不是這麼說，這是小靜第一次戀愛，就算對方的條件不好，我們也應該多少順著她一點，不是嗎？」

「囉嗦！」

里子的話合情合理，貫太郎完全沒有反駁的餘地。

貫太郎一手把里子推倒在地。

「可惡！」

周平上前揪住貫太郎，可是也被推倒，撞上茶櫃。茶櫃上的玻璃嘩啦碎裂滿地。

這下連琴也看不下去了。

「貫太郎，不要再荒唐了！」

「老太婆給我滾開！」

琴也挨了貫太郎一記，整個人摔在美代子身上。

「你們輪番上陣，是想造反嗎！」

「誰叫多桑……」里子站起來瞪著丈夫。

「沒什麼好說的，要是不滿意，儘管給我滾出去！滾！」

里子端坐起身。

「我不是想和多桑頂嘴，我是不會離開的。」

貫太郎氣得說不出話，如同野獸一般嗚嗚發出呻吟。

「你們不走，那我走！」

說完，他踩著重重的腳步走了出去。

與「石貫」相隔兩條街的地方有一家小酒館，店名叫「霧雨」，店面精緻小巧，酒香醇，媽媽桑又漂亮，吸引了不少常客。

媽媽桑名叫涼子。

涼子臉蛋白皙瘦長，總是微微蹙眉，極少出聲笑，話也不多，不過許多男客只要看到她身穿素雅的紫色和服站在吧檯裡，靜靜地替自己斟酒，就可抒解心中煩悶。

不知道為什麼，涼子偶爾會穿的一身黑似喪服打扮，挽著水桶和鮮花，前去谷中的墓園。她這身打扮顯得格外嫵媚動人。「涼子來囉！」每次花限緊急通報，「石貫」的為公、阿岩師傅甚至貫太郎等，莫不丟下活兒，引頸企盼涼子的倩影。

「霧雨」的吧檯今晚也是常客滿座，熱鬧哄哄。

阿岩師傅、為公、花限，只在「霧雨」碰得到面的洋服店毛利先生；還有一個便裝打扮的年輕人，他總是默默坐在吧檯一隅，不太愛說話，他叫倉田，不過在「霧雨」，大家都稱他「沉默的小哥」。他的打扮以及總是徘徊張望的眼神不像正經人，沒人知道他的底細。只有阿岩師傅一個人注意到，有時他會以熱切的眼神望著涼子。忘了介紹一個重要的客人，那就是貫太郎。

貫太郎嘔氣出門後，也不知他跑去了哪裡鬼混，只見他自顧自地喝得腹漲。爲公和花限和他搭話也不應。

美代子心裡忐忑不安，一邊幫琴按摩肩膀，一邊掛心靜江怎麼還沒回來。

「靜江小姐去哪兒了呢？」

「只要不做傻事就好，」琴盯著美代子說。「妳也不想一到這裡來，就參加喪禮吧。」

美代子不知道這種時候該如何接話，只好格外使勁地替琴按摩。

里子正在廚房裡刷洗。周平走進來，從口袋裡掏出牛奶糖，撕開包裝紙，把牛奶糖塞進母親嘴裡。兒子的貼心舉動讓里子備感窩心，含著眼淚害羞地對兒子笑了笑。

里子含著牛奶糖洗碗，琴站在她身後說：

「貫太郎雖然是我兒子，我也受不了他，這個家如果沒有他會更平和吧。里子，活久點，等貫太郎走了之後，就是妳揚眉吐氣的時候了。」

到此琴都說得一本正經，但是接下來就教人不敢恭維了。她掀開鍋蓋，問道：

「今天晚餐吃什麼？」

里子裝做沒聽到，琴又接著說：

「唉，說眞的，男人在這種不順心的晚上，最容易被野女人拐去了。還有靜江，現在不忍池的水還太冷，如果她想『做什麼』，應該會去鐵軌旁吧。」

講不中聽的話，是琴最大的樂趣。

「阿嬤……」

就在里子沉下臉來時，客廳傳來了尖銳的電話鈴聲。里子飛奔過去，接起電話。

「這裡是寺內家。」

「那傢伙現在怎麼樣了！」

打電話來的原來是貫太郎。

貫太郎是從「霧雨」打回家的，阿岩師傅一行人已經先行離開了。

「回家了嗎？」

「還沒呢。」

「她回來了，也不准她進門，知道嗎！」

貫太郎說完隨即掛上電話，愣愣地呆坐著，涼子默默地爲他斟酒。而貫太郎宛如換了一個人似的，臉上掩不住的寂寞。

靜江站在夜晚的谷中墓園。

靜江很喜歡置身在「石貫」出產的墓碑中，即使是別人家的墓，傷心難過時，她總會來到墓園，或許是性情使然，或許是從小就在墓園旁長大的緣故，靜江並不害怕墓地。

突然，靜江聽到「啪啪啪」的腳步聲，來人像是穿著膠底鞋。一看，原來是阿岩師傅來了，他手上還提著裝了水泥的桶子。

「聽說明天一早會下雪，我先來趕工。」

阿岩師傅在墓碑基石旁的縫隙一一補上水泥。

「聽說妳被妳爸修理了。」

靜江點點頭。阿岩師傅手法熟練地繼續工作，頭也不抬地說：

「妳父親吶，他要打的不是妳，其實他想打的是自己啊。」

「……」

「妳兩歲的時候，妳父親因爲自己不小心，弄傷了妳的腳，事後他發狂似地把店裡弄得天翻地覆，勸都勸不住。」

「……」

「就因爲他覺得對不起妳，所以無論如何都想幫妳找個好歸宿。」

「阿岩師傅……」

「他不是氣妳和那個男人，他氣的其實是他自己啊。」

阿岩脫下身上的短外褂，用力撣掉上頭的灰塵，披在靜江肩頭。

「既然知道了，就原諒他吧，好不好啊……」

靜江點點頭，拖著左腳回家去了，一路上阿岩都提著桶子跟在後頭。

她邊走邊踢著路上的小石子，走到家門前時，嚇了一大跳，她看到父親正垂頭喪氣地迎面走來。

「多桑……」

「靜江……」然而下一秒，貫太郎馬上破口大罵：「一個女孩家，這麼晚了還在外面鬼混！混帳東西！」

貫太郎罵歸罵，但沒有出手。站在木門後偷聽的琴輕輕打開門鎖，一開門，里子、周平、美代子都站在那裡。貫太郎一把推開家人，乒乒乓乓地走進客廳，又說：「不穿外套，感冒著涼怎麼辦，趕快洗個澡上床睡覺！」

里子摟著靜江的肩頭，輕聲說：「多桑是在跟妳賠不是呢。」

貫太郎坐在客廳，攤開報紙來看。

里子和靜江走了進來。

「多桑……」靜江跪著向父親行禮。「請原諒我。」

事情發生以來，這還是靜江第一次落淚，貫太郎也紅了眼眶，用報紙遮掩住臉，聲音含混地說：「快去睡吧！」

里子眼眶裡噙著淚水看著這對父女，不住地微笑點頭。靜江站起身，拖著左腳走到門檻，回頭道了聲：「晚安。」

貫太郎稍微挪開了報紙，看著靜江，她淚眼汪汪地對父親笑一笑，回房去了。

里子默默地為貫太郎斟茶。儘管歷經風浪，這一天總算無事結束了。至於上條和靜江往後會怎麼發展，里子可一點頭緒都沒有。今晚好好睡一覺，明天的事明天再說吧。她捧著溫熱的茶杯想得出神，這時貫太郎突然起身。

「喂！拿手電筒來！」

這一天夜裡，手電筒照射出的光圈在「寺內石材店」的木門前搖來晃去。貫太郎要里子拿著手電筒，自己開始搬動大石頭。

「都這麼晚了，何必急著現在……」

貫太郎沒有理會里子的嘮叨，用力敲擊石頭，畢竟他也只能這樣來發洩一天的悲傷和憤怒啊。

跛腳的小狗

貫太郎非常重視「規矩」。

家中的大小事，必須以一家之主貫太郎優先，接著是兒子周平、祖母琴，第三順位是老婆里子、女兒靜江，幫傭美代子殿後。不管是餐桌上取筷的順序，還是看報紙、洗澡等瑣事，若沒遵從他訂下的規矩，貫太郎就會不高興。早上起床如廁，當然也是男先女後，貫太郎總是大聲嚷嚷：「女人家給我忍著點！」寺內家的女眷們莫不發著抖，抱怨連連：「全日本哪裡找得到這種家庭！」

所以當貫太郎和往常一樣早起，穿上「石貫」的短外褂，搖頭晃腦進入辦公室時，看見老婆里子竟然早自己一步在神壇前合十膜拜，不禁咆哮：

「喂！妳在幹什麼！」

「唉呀，多桑。」

「什麼多桑！神壇一定得由一家之主先拜，妳不知道嗎？」

「對不起，不過今天是周平放榜的日子啊。」

周平去年落榜，當了一年重考生，今天是大學考試的放榜日。

「下午四點放榜，現在拜有用嗎？笨蛋！」

里子無趣地退到一旁，嘴裡嘀咕著：

「唉呀，也許神明正在猶豫最後一名上榜者呢。」

「妳在碎碎唸什麼啊！」

「沒什麼。」

而貫太郎也比平日更虔誠地膜拜，嘴上不當一回事，心裡一定在唸著：「請務必讓我兒子上榜啊！」里子彷彿看穿了貫太郎的內心，呵呵笑著。

當事人周平在庭院拉著擴胸器，故做悠閒，內心卻是忐忑不安。一方面他也對出口傷到姊姊靜江感到愧疚。他剛才建議腳不方便的姊姊說：

「姊姊，妳也可以嘗試拉這個，這不需要用到腳力的。」

「女孩子家拉這個不容易吧，還不如吃飯去。」

靜江毫不介意地答道，說完便進屋去了。而她拖著左腳的模樣，讓周平內心一陣揪緊，他安慰自己，那是因爲等待放榜心情激動的緣故，便又繼續賣力地拉著擴胸器，不過這次又無法不在意客廳裡的一舉一動。里子和靜江正在準備早餐，想趁機偷吃的琴和美代子也加入她們，四人窸窸窣窣地像在說些什麼，原來是在討論今天晚上的菜色。

「考上的話就吃鯛魚、生魚片和蛤仔湯慶祝，那如果落榜呢？」

琴關心的終究還是在吃的上頭。

「那就改吃咖哩飯吧。」

「還有Ａ、Ｂ方案啊。」

貫太郎踩著重重的腳步進來，冷不防地罵道：

「什麼A、B方案！我不准，考上就上學，考不上就留在店裡工作，沒什麼A啊B的！」

「你在說什麼啊，多桑，不是你講的那回事啦。」

「貫太郎眞是個冒失鬼，A、B方案指的是鯛魚和咖哩飯啦。」

「阿嬤，別說……了。」

家人們小心翼翼地不讓在庭院的周平聽到他們的對話，這種緊張的氣氛令周平快喘不過氣來了……

阿岩師傅和爲公同樣也備好了A、B方案，若是周平順利金榜題名，就盛裝接受寺內家的宴請，因此對服裝講究的阿岩師傅特地準備了印有家紋的禮服及褲裙，爲公也帶了黑西裝，兩人將包袱藏在儲藏室裡。萬一周平落榜，他們就假裝不知道有這回事，若無其事地下班走人。

不過不管周平的考試結果如何，阿岩師傅打算要自掏腰包請與大學無緣的爲公去「霧雨」喝一杯。

對等待的人而言，時間的流逝顯得特別緩慢。貫太郎像是被時間追著跑似的，手不停歇地刻著石頭；里子則忙著醃漬白菜，三月的風還很冷，弄溼手指格外難受，不過投入工作能分散注意力，抒解緊張。

靜江提著購物籃準備外出，她笑著對母親說：

「卡桑，小平如果考上的話，我們就叫壽司吧。」

「壽司？」

「我老早就知道您許過願，發誓在小平考上大學前，不吃您最愛的鮪魚肚吧。我出去囉。」

里子叫住正要出門的女兒，回敬了一句。

「小靜，妳帶了十圓硬幣嗎？每次妳去買東西，不是總會順道去土地公廟上香，祈求小平能考上。今天是最後一次吧？」

「什麼嘛，原來卡桑早就知道了。」

里子停下手邊的工作，望著靜江拖著左腳走出去的背影。靜江負責寺內家的採買，這是靜江的腳受傷之後，貫太郎的決定。靜江還小的時候，貫太郎就經常差遣她去買菸。

「哪有人會讓腳不方便的小孩子拋頭露面的，我去就好了！」

剛開始時，里子曾揪著貫太郎的衣領，哭著反對，結果當然是被修理了一頓，直到看到丈夫豆大的淚珠，她才住了口。

到現在，谷中商店街的人家，誰也不會多看一眼靜江的殘疾，而靜江也到了適婚年齡。

客廳的電話響起，距離放榜時間還有半天光景，但全家人莫不提心吊膽。原來，電話是周平的高中朋友打來報喜訊的。

「那太棒了，恭禧你啊！」

周平刻意故做開朗地對著電話的另一端說，口氣卻明顯聽得出不自然。

「我要四點才能知道，嗯，大概有一半機會吧，結果如何我會打電話通知你的。我姊，我姊怎麼了？和男人在『池之端』散步？你認錯人了吧。」

周平的聲音拔尖起來。

「你說這什麼話！說什麼她是瘸子不可能認錯，太過份了吧！」

在走廊稍作休息的里子看到兒子怒氣衝天的模樣，嚇了一跳。

「好，我知道了，我沒生氣！」

周平掛上電話，伸了一個大懶腰，手差一點就撞到門框，嘴裡嘀咕著：

「王八蛋！」

「卡桑，還有牛奶嗎？」靜江從庭院折返高聲問道。

「牛奶在冰箱，啊，小靜，妳不是去買東西嗎？」

「我忘了拿錢包。」

靜江話才說完，便聽到周平小聲地驚呼：

「姊，怎麼會有那隻狗？」

從靜江的購物籃中，露出一隻像團茶褐色棉絮、毫不起眼的小狗。

「牠好像是被人丟掉的。等一下喔，我去拿牛奶給你。」

靜江快步走向廚房，小狗先由周平看著。

「你長得還眞是不體面啊，喔，不過眼睛很漂亮哩，挺討人喜歡，你……」

周平話還沒講完就怔住了，嚥下一大口口水。里子以及聽到有狗跑出來湊熱鬧的美代子見狀也大吃一驚。這隻狗，跛了一隻後腿。

「來來，肚子餓扁了吧。」

靜江端著牛奶回來了，因爲左腳不方便，她手上端的牛奶在盤中搖來晃去，差點就溢出來了。周平擋在靜江前面說：

「姊，爲什麼要把這隻狗帶回來？」

「小平，讓一下。」

「妳想做什麼？爲什麼帶這樣的狗回來啊！」

「來來，快來喝……」靜江推開周平，餵小狗喝牛奶，以開朗的口吻問里子：

「卡桑，我可以養這隻小狗嗎？」

里子顯得相當困擾，嘴裡唸著「這個嘛！」思索該如何回答這個問題。

「姊，妳等一等！」

「我不需要經過小平同意吧，我會照顧牠，餵牠，帶牠去散步。」

「不行！我知道妳會照顧牠，可是妳還要帶牠去散步……」

「爲什麼不行？」

「我……我討厭妳這樣！」

「我和牠很有緣，我不能丟下牠不管。」

「什麼嘛，腳不方便的人帶腳不方便的狗去散步，這一點都不好笑！」

「周平，不要再說了。」

周平不理會里子的勸阻，又激動地說：「我要丟掉那隻狗！」

「你不可以這麼做！」

姊弟倆互相推擠，母親介入排解，紛亂之中，突然聽見一聲口哨，是貫太郎來了，身軀龐大的他正彎下腰逗弄小狗。

「你怎麼啦，迷路了嗎？」

「多桑，我可以養這隻狗嗎？」

「姊姊，我反對。多桑，這狗的腳……」

「囉哩囉嗦，少廢話！」貫太郎說完，輕撫著小狗的頭，問：「要取什麼名字好呢？」

周平倒頭躺在床上，想到放榜的事就心煩，眼前一直浮現姊姊的腿，揮之不去。這陣子，周平時常覺得姊姊的腿很美，特別是她有了戀人之後，更是美得耀眼。由美薰和朱里英子她們算什麼啊，姊姊的腿的美麗可是有「內涵」多了。突然，剛才那隻小狗的後腿影像和姊姊的腿重疊，而那張寫著二八六三二九號的准考證影像也在腦中一閃而過。周平從床上一躍而起。

里子正在廚房洗菠菜，而兒子周平又搬出了那隻狗的事說個沒完，讓她相當頭疼。

「卡桑，妳不在意嗎？我還是覺得那隻狗……」

「周平，不要再提這件事了。你要知道有些話可以說，有些話是不能說的。」

「虧你們可以一副不當一回事的模樣，我才——」

水龍頭的水嘩啦嘩啦地沖洗著菠菜，周平在里子身旁把玩著盆子裡的紅豆，一不小心打翻了盆子，紅豆掉得滿地都是。

「你看看，把豆子撿起來。」

周平撿拾地上的紅豆時，祖母琴的聲音從頭頂傳來。

「我說哪，那孩子一定是認爲靜江的傷是自己的錯，覺得過意不去。」

周平聽到這句話頓時全身僵住了。跟在琴後面進來的美代子也沒察覺周平正蹲在那兒。

「所以他才會那副態度。」

周平冷不防地站起身來。這次換成琴嚇了一大跳，「啊！」地大叫一聲，誇張地直撫胸膛說：

「你想嚇死人啊！老人家都已經來日不長了，你還像根電線桿似的突然冒出來，想要我的命啊！」

「卡桑，姊姊的傷是我……」

看周平一臉僵硬地盯著自己，里子以爲他還在講狗的事。

「好了好了，沒你的事，你到旁邊去吧。」

周平狠狠地瞪了母親一眼，轉身跑出去，琴看著周平的背影，嘴上吹著不成調的口哨。

「里子，聽說貫太郎肯讓靜江養狗？」

「嗯。」

「那小子不錯嘛。」

「是啊，考慮到小靜的心情，實在不忍心要她把狗丟掉啊。」

「難爲妳了，貫太郎也辛苦了。」

美代子撿起地上的豆子，聽著琴這番難得的慰勞之詞。

周平走進作坊，父親貫太郎、阿岩師傅、爲公三人正埋首在石頭堆裡，用鑿子敲著石頭。

「多桑，我有話要跟你說。」

周平用不輸給鑿石的音量大吼，不過貫太郎更以周平的三倍音量回道：

「混帳東西！現在還有什麼好說的？我不是說過，落榜就到店裡工作嗎。」

「多桑，我不是要講這件事。」

貫太郎一把推開越說越激動的周平，說了聲「滾開！」，逕自走進辦公室。周平沒辦法，只好轉身問阿岩：

「阿岩師傅，您來我家工作已經五十年了吧。」

「怎麼樣？要頒勳章給我嗎？」

「請告訴我我姊的腳是怎麼受傷的。」

阿岩師傅是個老狐狸，每次遇到麻煩的問題，就佯裝不知、避而不談。

「那時我年輕氣盛，玩得可瘋了，在下谷和神樂坂都有這個喔！」

阿岩師傅豎起小指（註），露出一排黃板牙，嬉皮笑臉地說。要是讓他談起這話

註：暗指情婦，女朋友。

題，準沒完沒了。

「阿岩師傅，是我害姊姊受傷的，對不對？」

阿岩師傅又露出那口黃板牙笑了笑，轉過臉去。

「胡說。」

「不要扯開話題，請講清楚！」

一旁的爲公插嘴說：「我聽說靜江小姐受傷的時候，小平你還沒出生呢。」

「我也是這麼聽說的，但這不是事實，其實是我害姊姊受傷的，對不對？阿岩師傅！」

「小平啊，你是不是唸書唸到腦袋燒壞啦，現在是怎麼說的？神經衰弱嗎？」

「阿岩師傅，拜託！請告訴我眞相好不好？」

阿岩裝做沒聽到，準備離開，急欲追上去的周平不小心啪地揚起一陣粉塵。

美代子這時正好端著午茶進來，只聽到她慘叫一聲，摀著眼睛。作坊頓時一陣騷動，美代子蹲在地上摀著眼睛直喊疼，周平手足無措地忙向她道歉，多虧了有五十年老經驗的阿岩師傅在場，他大力拍著爲公的背，命他：

「快去請老闆娘燒洗澡水！」

爲公連滾帶爬地朝主屋跑去。如果石粉跑進眼睛，弄不出來時，就去泡澡。這是石匠們自古以來的經驗法則。美代子就在貫太郎一家憂心忡忡的關懷眼神中，準備去洗澡。現在天都還沒黑呢。

「……我比老闆先洗，沒關係嗎？」

美代子痛得搗著眼睛，但仍顧忌著貫太郎立下的規矩，悄聲問道。

「還在拖拖拉拉什麼，快去！」

美代子走進浴室，羞羞答答地脫下紅毛衣，滑進浴池。她對在外面幫她添柴火調水溫的里子說：

「大白天就泡澡，眞是奢侈耶。」

美代子邊說邊用毛巾做出水球玩耍，畢竟她也還是個孩子。不過據琴從脫衣室的玻璃門縫偷看的觀察，她說：

「現在的小孩吃得好營養夠，該凸的地方都凸了，里子妳也過來瞧瞧。」

琴想把門再拉開一些，卻不小心驚動了美代子，她發出尖叫，還從裡面潑出一大杓洗澡水，濺得琴渾身溼透。幸好一陣手忙腳亂過後，美代子眼裡的石粉總算順利沖掉了。

美代子的問題解決之後，周平便纏著祖母不肯罷休，只是渾身溼透的琴根本無心理他。

「阿嬷，請告訴我姊姊腳受傷的經過，好不好？」

「女人看女人，有什麼不好意思的！」

「凶手就是我，對不對？」

「氣死人了！我年紀都一大把了，犯不著潑我洗澡水吧。」

「阿嬤，凶手是我對不對？」

「要說誰不對，當然是他不對，因爲家裡開石材店，才會鬧出這種事，所以當然是當家的貫太郎要負責啊。」

琴扯著淋溼後貼在身上的那件她最喜歡的勞動服，邁開腳步往前走時，發現周平還愣愣地站在一旁，便歪著頭問：

「人家姑娘眼睛裡跑進灰塵，你在發什麼愣啊。」

「果然……，果然……是……我……」周平嘴裡喃喃自語。他從小常做同一個夢，場景是在父親的作坊，他搬著石頭玩，由於是在夢中，所以平常十個人也搬不動的墓石，幼小的周平卻能輕鬆抬起來。不過其中一塊大石頭倒了下來，壓住姊姊的腳，姊姊發出尖叫，然而即使周平使盡全身力氣，姊姊腳上的石頭依舊文風不動，這時周平總是全身冷汗地醒來……。那不單純是夢境而已，而是幼年的實際經歷化成模糊的記憶出現在夢境。姊姊的腳傷，果眞是我害的……

周平愣愣地坐在走廊上，靜江過來拍拍他的肩膀，提醒他：

「小平，不是四點放榜嗎？再不準備出門就來不及囉。」

「姊姊，我……該怎麼跟妳道歉才好呢……」

事。

「傻瓜，我完全不在意啊。」

靜江以爲周平指的是揚言要把小狗丟掉的那件事，沒想到周平想的並不是這件事。

「喏，如果你想要贖罪，以後好好疼愛牠就行了。」

「贖罪……」

這句話聽在周平耳裡，實在是再難堪不過了。

周平落榜了。不管來來回回看了多少遍，榜單上就是沒有一八六三一九的號碼。

他打公共電話告知母親結果，然後大喊著說：

「卡桑，告訴我實話！其實姊姊的腳傷是我造成的，對不對！」

「你在胡說什麼啊，這件事回來再說，啊，多桑……」

貫太郎以爲里子和周平在電話中爭執，搶過了話筒。

「還有什麼好說的，我不是說過沒考上就回『石貫』嗎！」

「不是那件事啦，多桑！」

電話裡又換成母親里子的聲音。

「不管怎麼樣，小心點，馬上回來，好嗎？」

周平掛上電話，毫無頭緒地漫步走著，一路跌跌撞撞，無視交通號誌，腦子裡淨是姊姊的腳和那隻跛腳的小狗，揮之不去。

寺內家瀰漫著咖哩的味道。

由於周平落榜，A方案——鯛魚、生魚片和蛤仔湯的大餐就這麼泡湯了，只好將就一點吃替代方案咖哩飯。阿岩師傅和爲公匆匆忙忙地準備下班，對面花店的花限也喃喃地說：「傍晚的咖哩味一向誘人，今天卻顯得格外唏噓啊。」

「小不點！小不點！」靜江呼喚著她撿回來的那隻小狗。

「卡桑，妳看見小不點了嗎？」

里子說從剛才就沒見到了。

「是不是有人帶去散步了，阿嬤、美代子，妳們有沒有看到小不點？」

她們兩人也說沒看到。

「眞奇怪，剛剛還綁在這裡的啊。」

「該不會是爲公吧？」

靜江走向作坊，周平擋在她前面，說：「是我。」

「小平……你什麼時候回來的？」

「是我把牠帶去丟掉的。」

「你爲什麼要這麼做！」

「我受不了那隻狗在家裡晃來晃去的，只要一想到姊姊帶著那隻狗散步，就像看見自己的罪行一樣，我受不了！」

「小平，你在說什麼啊？」

「上條先生人是不錯，可是如果姊姊的腳沒問題，一定可以找到條件比他更好的對象的。」

「周平！」

靜江的手比她的話早一步落在周平的臉頰上。

「打吧！如果打我可以讓妳消氣的話，就儘管打吧。」

母親里子也抓住比自己高一個頭的周平衣領。

「不許再胡鬧了！」

琴也加入了戰局，一陣紛亂之際，響起貫太郎如洪鐘般的斥罵：

「嘰哩呱啦地在吵什麼！」

「多桑，小平丟掉了我的小狗。」

周平怒視著大聲斥責的父親，說：

「多桑，我不會繼承『石貫』的，我才不當第四代貫太郎！」

「混帳東西，就算是父子，說話也要講規矩，你應該要先交待考試結果吧！」

「我落榜了。」周平一一看著在場的人，眼神充滿挑釁，宣言：「不過，『石貫』是姊姊腳傷的元凶，我絕不會……」

「石頭無罪，那是我的疏忽。」

「多桑，你不要再掩飾了。」

「你說什麼！」

「是我害姊姊的腳受傷的，不是嗎？」

「周平，你在胡說什麼！」里子尖聲說道。

貫太郎把周平推向里子，吩咐她：

「喂，把這傢伙拖到井邊，澆他幾桶水，落榜的打擊太大，他腦袋都不正常了。」

「不要扯開話題！」周平欺身揪住貫太郎。「不要以爲承擔兒子犯下的罪行很了不起。開玩笑！當一個人發現自己竟然一直被矇在鼓裡，那是多可悲多難堪的事啊！多桑，你想過嗎？」

「周平，你聽卡桑說，你可能誤會了。」里子安撫他說。

「不用騙我了，阿嬤和姊姊都跟我說了。」

「阿嬤，您說了什麼嗎？」

「我什麼都沒說啊。」

「說謊！您明明說過我是罪魁禍首。」

「小靜，妳呢？」

「我也沒說什麼啊。」

「有！妳不是說如果我想贖罪，就好好疼愛那隻狗。」

「我以為你說的是你想丟掉狗的事，跟這件事無關啊。」

貫太郎按耐不住，強行把無理取鬧的周平拉到井邊，當頭澆下一桶冷水。

「頭殼燒壞了，讓你清醒清醒！」

「多桑，他會感冒的！」

貫太郎不理會妻女的勸阻，又潑了周平五、六桶水，周平像一隻渾身溼透的老鼠，仍是頂撞回去。

「我不相信，如果眞是多桑做的，就拿出證據給我看！」

「我說了算！」

「小平，我不是也跟你說了嗎？」

里子拉開努力說服周平的靜江，靜靜地對周平說：「周平，你到這邊來。」

「卡桑，妳不要管我！」

「過來！」

沒想到嬌小的里子力氣竟然那麼大，她半拉半扯地將周平帶到儲藏室。

貫太郎看著老婆和兒子進入儲藏室，一句話也沒說，走進辦公室，在黑暗中默默地點了菸。

儲藏室裡的空氣乾燥，滿室霉味，一只沒有燈罩的燈泡兀自搖晃著。在滿室明顯可見歲月痕跡或黑得發亮或泛黃的箱子的包圍下，母子兩人相視而坐。里子找出一本舊日記，遞給渾身溼透直打哆嗦的周平。

「這是多桑的日記嗎？」

里子用眼神示意周平打開來看。

「九月十七日，午後四點，靜江的左腳被石頭壓傷，身爲父親的我沒有向她道歉。」

周平抬起頭來，里子平靜地催促他繼續看下去。

「看八天後的那一篇。」

「九月二十五日，凌晨五點三十六分，生下男嬰，重量三千四百二十公克，四肢健全，是寺內家的嫡子，萬歲！」

里子向周平笑了笑，他的眼眶裡滿是淚水。

晚上，「霧雨」裡依舊坐滿了老主顧，美麗的媽媽桑涼子帶著淺淺的微笑，替客人斟酒，話依然不多。那個看似有隱情的「沉默的小哥」倉田先生，也坐在他老位置上，熱切地望著涼子，默默喝酒。洋服店的毛利先生，被男人拋棄、身材豐滿的千重子也併排坐在吧檯前。其中，只有爲公一個人悶悶不樂。

「喂，怎麼搞的，擺著一張臭臉，活像是你落榜似的。喝酒，喝酒！」

不管阿岩師傅怎麼替他打氣，爲公仍然提不起勁來。

「有人因爲考試落榜而挨罵，我沒考上高中，家人反而高興，因爲這下就不用付學費了……」

爲公吸著鼻水，阿岩替他斟酒。

「老闆這麼頑固，看來小平得留在『石貫』了。」

「什麼話。我想貫太郎現在一定叫小平再拚一年。我都認識他五十年了，還摸不清他的心思嗎。」

說完，阿岩仰頭喝光杯子裡的酒。

夜晚的谷中墓園裡，周平到處呼喚著小狗的名字：

「小不點！小不點！」

周平換上了和服，在他細長的影子後面，另一個較小的影子靠了過來，是繫著圍巾的靜江。

「小平，回去吧。」

「可是，小不點……」

「沒關係，我想那隻狗一定在某個地方活得好好的。」

周平跟在靜江後頭，踏上歸途，但仍不時頻頻回首。

「剛剛眞是對不起，很痛吧？」靜江問。

「姊姊，妳是眞的愛上了上條先生吧。」

靜江沒有回答，繼續往前走。

「姊姊，妳其實沒有我以爲的那麼不幸吧。」

「……」

「我總算知道了，如果姊姊的腳沒有受傷，一定不會像現在這麼漂亮。」

「小平，你雖然沒考上大學，但好像長大些了哦。」

在離開墓園的姊弟倆身後，一個拾荒者推著一輛推車緩慢經過。推車裡有一隻被舊衣物裹著的小狗，似乎就是靜江撿到的那隻小不點……

E G G

貫太郎一家吃飯時總是熱鬧非凡。

特別是周平和琴阿嬷之間的口舌爭戰，今晚的爭執話題始於切三塊的醃蘿蔔乾。

「蘿蔔乾切三塊和切四塊還不是一樣？」

「當然不一樣，切三塊就是『斬身』，不吉利啊！」（註一）

「那拿去，不切總可以了吧？」

「不行！」

「爲什麼？」

平常這種時候，貫太郎總會開罵說：「吵死了，吃飯不要講話！」但今天卻很難得地加入討論，他解釋：「切一塊就是『斬人』，當然也不行。」（註二）

周平辯道那是舊時的說法，現在已經不流行了。貫太郎只回說不能小看老祖宗的智慧，而且態度異常地柔和。里子和靜江對看了一眼，她們的眼神像在說：今天的多桑有些反常喔。而且他看起來似乎心情不錯，卻沒要求要添飯。

「多桑，還要再來一碗嗎？」

聽到里子這麼問，貫太郎隨口應了一聲，遞出自己的大碗，不過手隨即又縮了回來。

「我今晚不能吃太多，等一下還有事。」

貫太郎嘴裡嘀咕著，並催促一臉詫異的家人趕緊吃飯，說是等會兒有客人要來。

「是誰啊？」

「先來點酒吧，啊，不行，喝了可能就沒辦法練習。周平，等一下你也來打聲招呼。」

貫太郎自顧自的說著，完全不理會里子的問話，里子明白這種時候要是固執地追問下去，只會落得挨罵的下場。家人們急急忙忙地吃完飯後，家門前有人大聲問道：

「有人在家嗎？」

出聲的是個嗓音沙啞的男人。貫太郎聽到他的聲音，臉都亮了起來。

「人來了，趕快出去迎接啊！」

儘管不清楚是怎麼一回事，里子和美代子還是答應著跑出去應門。高大的貫太郎也是一路跌跌撞撞追了出來。

最先跑出去的美代子不禁驚叫一聲，整個人都愣住了，眼前的是一個不論身高體型都相當驚人的大男人，就站在狹小的玄關裡。美代子心想這人似乎有些眼熟，總算認出他是前任大關（註三）花風師傅，退休以後，他轉而擔任相撲的解說員。

註一：「切」和「斬」、「三」和「身」的日文發音相同。

註二：「一」和「人」的日文發音相同。

註三：在相撲界的等級裡，「橫綱」是第一級力士，大關是第二級力士。

「師傅，請進。」貫太郎像是見到巨人隊長島選手（註一）的小學生一般，滿臉通紅。

「打擾了！」

花風師傅的身材遠比貫太郎還要壯碩，他經過時，里子和美代子必須緊貼著走廊牆壁，才能讓他通過。

貫太郎說，因為石材工會要捐贈一個土俵（註二）給八幡宮，到時典禮上會由貫太郎表演一場「横網」的入場儀式，今天是特地請花風師傅到家裡來指導。

「既然要做，就正式的來吧。」

「聽說，你是這附近的横綱哪。」

「只有體重稱得上是『横綱』，眞是丟人啊。」里子羞愧地說。

貫太郎毫不在意里子的話，顯得精神奕奕，他推了推身旁的周平，低著頭說：

「我想讓這小子當『太刀持』（註三），不知師傅覺得如何。他雖然瘦，身材不怎麼體面，還是麻煩師傅指導。」

周平突然被點到名，頓時手足無措，光是自己的父親要在捐贈典禮上挺著大肚子亮相，已經夠丟臉了，現在還要骨瘦如柴的自己穿上兜襠布扮演「太刀持」，那他哪還有臉去見女友眞弓啊。

「多桑，我不要做『太刀持』！」

「說什麼話，這可是求之不得的榮譽耶！」

就在父子倆爭論不休之際，拉門突然開了，爲公像子彈般猛衝進來，這突如其來之舉讓擠在走廊上想一窺花風師傅風采的琴、靜江、美代子三人，像骨牌般連番撲倒在地。

爲公雙手伏地跪在貫太郎前面，說：

「老闆，讓我來吧，我一直想要試一次啊。」

爲公說完忙擺出拉弓的動作。

「混蛋！這是『弓取』（註四）！」

「啊，不對，『太刀持』是這樣。」

爲公又愼重地擺出「太刀持」的姿勢，然後啪地平伏在地，這次是趴在花風師傅

註一：長島茂雄，自一九五八年至一九七四年效力於日本職棒讀賣巨人隊，是巨人隊的中心打者。其背號「3」號是巨人軍的退休球衣號碼之一。二〇〇一年，就任巨人隊終身名譽教練。

註二：相撲運動裡，選手比賽時所在的高台。

註三：陪同「横綱」力士登場表演的捧刀力士。

註四：「横綱」的領弓儀式。

面前。

「花風師傅，請教教我！」

這時阿岩師傅也出現了，他也說：「那我可以當『行司』（註一）嗎？」

局面至此，周平也無法置身度外了，只好說：

「那我就扮『呼出』（註二）吧。」

花風師傅微笑地看著眼前這一胖一瘦一小一老的四個臨時徒弟，大大地點了個頭。

「那我就四個人一起教吧。」

「女人家都給我退下！」

寺內家的女眷全被趕到廚房去，不久感覺整個家天搖地動起來，莫不大吃一驚。這也難怪，畢竟貫太郎身形魁梧，不可小看。只見他裸著上半身，穿駝絨襯褲，圍著一條飾裙，舉手投足震得客廳地板砰砰作響。再加上還有其他三人，阿岩師傅和周平沒換衣服，不過容易得意忘形的爲公只穿著內褲，再圍上包巾權充飾裙，手持滑雪杖當長刀，一副自以爲是「太刀持」的派頭。然而下一秒，爲公就在瞠目結舌的寺內家女眷面前，打了一個結結實實的大噴嚏。

隔天一早，爲公沒有出現在作坊，阿岩師傅說他感冒發了燒，今天要在宿舍休息一天。

「多桑，你看看，誰叫你們要光著身子相撲。」

里子一邊準備探病用的東西，一邊抱怨著。貫太郎則吐著煙圈回說：「有人穿衣服相撲的嗎？這麼容易就著涼，能做什麼大事！」不過里子出門前，他又粗聲交代：「喂，那傢伙是抽的菸是『七星』牌的喔。」

貫太郎嘴巴上不饒人，其實心腸很軟，這種時候他最忌諱人家盯著他看，否則又會惱羞成怒。里子不看丈夫的臉，應道：「是是，我知道了。」便出門去了。

爲公住的公寓離寺內家不遠，有分別是六疊及四疊半大小的兩個房間，阿岩師傅和爲公各住一間。愛乾淨的阿岩師傅將房間打理得整整齊齊，爲公的房間則往往髒亂不堪。

腦袋昏沉的爲公注意到老闆娘白皙的臉龐在頭上方晃過來晃過去，覺得她的髮油味、身上擦的乳霜味道好熟悉。是「Utena」牌還是其他牌子的？跟母親身上的味道

註一：相撲比賽中的裁判。

註二：相撲比賽中，向觀眾介紹力士姓名的人。

好像啊。里子正幫他將散落一地的衣服掛回牆上，爲公唯恐枕邊的色情雜誌被發現，趕緊悄悄地塞進被褥中。

「燒到三十八點九度了，我找醫生來，打一針會比較好。」里子說。

不過爲公抵死不答應，說他最怕醫生和打針，光聽到就忍不住打顫。這時，周平跑進來說：

「多桑說如果情況不好，就帶他回家裡照顧。」

「我也這麼想，一來一往的，要換個冰枕也麻煩。」

爲公聽到他們的話，一想到「老闆的家」，心中便有股暖流陡然擴散開來。儘管老是受罵挨罰，對爲公這種早早離家工作的人而言，寺內家總是熱熱鬧鬧的客廳，是種憧憬。不過男子漢大丈夫可不能輕易顯露心中的喜悅，因此他嘴上說：「在別人家裡，我怎麼靜得下心養病。」裝出一副不在乎的樣子，不過準備換洗衣褲的手並沒有停下。里子說要先回家鋪床，並仔細叮嚀周平要小心帶爲公回來。

「看樣子小平的日子也不好過啊。」

「有個頑固老爸和天眞老媽，誰受得了。」

爲公翻找著衣櫃，想找件比較乾淨的褲子帶去，他又豎起小指說：「等你交了女朋友，我房間可以借你喔。」

「褲子穿我的就好，走吧。」周平攙扶著腳步踉蹌的爲公，又問：「這公寓眞不賴……一個月要多少錢？」

周平一臉羨慕地環視著這兩間狹小的房間。

爲公被安置在琴阿嬤的房裡，到了下午仍是高燒未退，他昏睡之中聽到貫太郎夫婦在爭執。

「爲什麼不找醫生來？」

「可是他說絕不看醫生，也不願意打針啊。」

「他說妳就聽嗎！快找醫生來，押著也要他打針。」

爲公一聽可火大了，一手撥開頭上的冰袋，打算像往常一樣叫著「貫太郎！」撲上前去，無奈他今天身體不聽使喚，只能氣得咬牙切齒。這時又聽到琴說：

「你不喜歡也沒辦法，逞強跟自己過不去的話，你的後半輩子可有得受了。」

專撿人不中聽的話講，是琴阿嬤的興趣。

「買得到麥芽糖嗎？這附近賣的都淡得像水一樣，一定要是純麥芽、不摻東西的才行，就像之前人家從新潟寄給我們的那種。」

「啊啊，可以捲在筷子上，拉出絲的那種嗎？」

「把麥芽糖跟蘿蔔泥煮成湯喝，感冒馬上就治好了。」

「在東京很難買得到吧。」

「貫太郎小時候感冒，都是這樣治好的。」

「麥芽糖啊……」爲公呢喃地說。受高燒和咳嗽折磨的咽喉，如果有冰冰涼涼的金黃色麥芽糖流過，一定很舒服吧。對了，小時候好像吃過，記得還有一首在講麥芽糖的童謠呢。

黃金蟲是個有錢人，

蓋金庫啊，蓋好金庫，

請小朋友吃麥芽糖。

死去的祖母經常唱這首歌。爲公就在一陣胡思亂想中沉沉睡去。

傍晚，爲公的高燒退了。

爲公被帶去客廳，獨自享用加了蛋的菜粥，他睡衣外套著貫太郎的棉袍，盤腿坐在貫太郎的座位上，感覺有些飄飄然。寺內家平常吃飯必須等貫太郎回到家才能開動，所以此刻靜江、周平、琴，還有美代子全圍在爲公身旁，看著他吃熱騰騰的菜粥，不時開他玩笑、揶揄他，讓爲公有些不好意思。再加上，他愛慕的靜江小姐就坐在旁邊照料。

「爲公，不要吃太快，會燙傷上顎喔。」

周平也因爲煩人的父親不在，心情輕鬆，直開玩笑。

「爲公和我一樣是『貓舌』（註一），舌頭伸出來看看，一定跟貓舌頭一樣粗粗的，對不對？」

琴、美代子，甚至靜江，都張嘴伸出舌頭來，爲公看了心裡一陣感動。琴今天心情特別好，她說：

「貓舌的人可是出身良好的證據哩，以前的貴族吃東西前，都得先讓人試毒過才能吃，再好吃的菜，端到貴族面前時都冷掉了。反正吃了會燙嘴的蛋花菜粥，也不是非吃不可。」

「這麼說來，在『目黑的秋刀魚（註二）』那段落語中出現的秋刀魚，是剛烤好的，還是已經冷了？」

「我也在書裡看過這個說法，」靜江興致勃勃地加入討論。「聽說像英國的伊麗莎白女王這種大人物，住在大宮殿裡，熱湯要從廚房端上餐桌，得經過好幾個人的手，等女王喝到湯時，湯都冷了。」

註一：怕吃熱東西的人。

註二：古典落語中的著名故事。一位將軍下鄉遊行、行經目黑時肚子餓了，吃了當地的烤秋魚，讚不絕口。回城後，命家臣烤秋刀魚，卻不再覺得好吃。喻「餓時吃糠甜如蜜，飽時吃蜜也不糖。」

「那這麼說來，伊麗莎白女王也是貓舌一族囉。」美代子眼神發亮地說。

「和我一樣呢。」

爲公伸著舌頭做著鬼臉，惹得大家都笑了。爲公趁勢，又吞吞吐吐地問：

「小平，像我這樣和你們一起吃飯，看起來像什麼？」

「什麼意思？」

「譬如說，像這個家的一份子啊。」爲公越說越小聲。

「如果從年紀來看，那你就是我的兄長囉。」

「那就是不成材的長男，那『石貫』就完蛋啦。」琴插嘴道。

長男！我是寺內家的長男！儘管只是玩笑話，爲公仍然深受感動，他激動地說：

「好！周平、靜江，還有美代子，下次哥哥放假，帶你們去看電影！」

爲公話才剛講完，頭上突地響起一句怒罵：

「混帳東西！」

原來是貫太郎。他整個下午不見人影，也沒有交待去處，這時他手提一只用繩子綑綁起來的鐵桶，宛如金剛力士般站在走廊上。

「你在幹什麼！哪有病人嘰哩呱啦吵個不停的！」

里子從廚房出來打圓場說：

「他燒開始退了，我想讓他和大家一起吃，會比較有胃口。」

「吃完快去躺下！」

被指著鼻子罵的爲公氣憤難平，又想衝上前去揪住貫太郎，但披在身上的棉袍太寬鬆，絆住了腳，結果一頭撞上了貫太郎提著的鐵桶。

「多桑，那是什麼？」里子指著鐵桶問。

美代子繞到貫太郎身後，唸出已經剝落一半的標籤上文字：

「麥芽糖……」

「多桑，你去買麥芽糖了嗎？」

麥芽糖——爲公不禁喉頭一酸。因爲自己討厭醫生害怕打針，老闆竟然花上半天工夫找來純正的麥芽糖。爲公強忍淚水，儘管被棉袍下襬絆得腳步蹣跚，他連滾帶爬地跑回琴的房間，關上拉門，嗚嗚地嚎啕大哭起來。

隔天一早，爲公就聽到令人沮喪的消息。美代子替他量體溫，她就著陽光察看溫度計的水銀刻度。

「三十七點一度，太好了。你可以回去休息了。」

「什麼？三十七點一度？」爲公搶過溫度計。「不可能啊，我的頭還在痛，手腳發冷，溫度計不準，再量一次。」

爲公站在一臉狐疑的美代子面前，將溫度計夾在腋下，裝出一副靦腆的表情。

「在年輕女孩子面前量體溫，多不好意思，妳到一邊去。」

「明明剛才就無所謂。」

支走美代子後，爲公接下來的舉動令人看了心酸。他一下搓揉腋下，一下將溫度計放在嘴裡哈氣，又打開燈，把溫度計靠在上頭……

不過辛苦總算有了代價，體溫計的刻度總算停在三十八點三度，那時他已是汗流浹背。只有兩、三天也好，爲公還想待在寺內家幾天，如果病這麼快就好，就無法如願了。不過雖然心裡這麼想，他嘴上卻不是這麼說。周平去補習班前先拿了換洗用的褲子過來，他故意皺著眉頭向周平抱怨：

「你家的人還眞囉嗦，我才住一個晚上就受不了。一下問冷不冷，一下送熱茶，連晚餐的菜粥也要問加蛋花還是柴魚片，還一直問有沒有冒汗？我眞是受夠了。」

「他們就是喜歡照顧人。」

「但也做得太過火了吧。」

「你總算可以體會我的心情了吧。」

「眞虧你能一直待在這個家啊，看來還是我比較輕鬆自在。」

「眞是羨慕啊！」

周平嘆了一口氣，把漫畫留在爲公枕邊後離去。枕頭旁還有一串靜江借他的牛鈴，是瑞士製造的，本來是掛在牛身上的，現在爲公只要一搖鈴，里子或美代子就會飛奔而來，問他有什麼要幫忙的。阿岩或花隈來探病時，爲公還搖著鈴向他們炫耀。

「我不是這麼躺著嗎？只要搖動這鈴，老闆娘或靜江小姐就會立刻過來，只見她們的白布襪或襪子在我枕邊轉來轉去。」

「你可不能從裙下偷窺喔。」阿岩笑著警告他。「這裡簡直就像江戶城的後宮嘛。如果將軍打算當晚要跟某個妃子睡覺，只要搖搖她門前走廊的鈴噹，妃子晚上便會準備好等將軍來。」

爲公益發得意忘形起來。

「搖一下代表可愛的小女孩。」

「搖兩下是半老徐娘。」

「搖三下是妙齡少女。」

「如果搖四下——」

爲公才「卡噹卡噹」搖完鈴，琴阿嬤便探頭進來問：「有什麼事嗎？」眾人頓時談興盡失，匆匆結束話題。

只要在一個家庭躺上一天，就能嗅得出那戶人家的氣氛。

聽說靜江想嫁給在石材公司上班的上條，對方還有一個兒子，因爲貫太郎反對，父女間還發生過激烈的口角。每次上條載運石材來，連待在屋裡的女眷都戰戰兢兢的，里子、美代子都暗中祈禱上條不會講出什麼話來惹火了貫太郎。這天也一樣，貫太郎一句話也沒和上條說，只有靜江一個人高興地招呼他，不過他們也只能簡單說上一、兩句話。

「阿守還好吧？」

「嗯……」

「現在感冒正流行，爲公也在家裡躺著，你自己也要保重喔。」

「謝謝，請代爲問候爲公。」

他們兩人至今仍然謹守分際，與時下的戀人們相較，相當難得。儘管這段戀情尚未得到貫太郎的首肯，但是家中有人在「戀愛」，氣氛就是不一樣，熱鬧許多。就連美代子也受到感染，調侃地說：

「爲公啊，怎麼都沒有女孩來探望你呢？」

爲公裝做沒聽到，乾咳了兩聲，回答：「美代子，妳待在這個家一定很不安吧。」

「爲什麼？」

「畢竟只有自己是外人啊。」

「哼，才不會呢！老闆、老闆娘都說我是這個家的一份子。」

這時，傳來里子輕柔的叫喚。

「美代子，麻煩把衣服收進來。」
「知道了！」
太陽西下，從庭院方向傳來賣豆腐小販的喇叭聲。
「等會兒請賣豆腐的進來一下。」
「好！」美代子瞄了爲公一眼，用比平常更嬌憨的聲音回應，快步離去。
豆腐小販尾音拖得老長的喇叭聲不時傳進爲公的耳中，廚房裡的切菜聲、飯菜香，是他久未感受過的家庭黃昏時分。爲公將頭埋進棉被裡。

寺內一家全聚在客廳喝飯後茶，爲公則在周平房裡，他扭開桌燈，戴起周平的棒球手套模仿泰國拳擊手，一下戴上美式足球頭盔，一下抱著吉他耍帥，下一秒又手拿獎杯高舉過頭，做出飛吻的動作。這間房裡有許多與他無緣的奢侈品。爲公坐在書桌前，翻開英文辭典。
「EGG，雞蛋、球形的東西、手榴彈。」
小時候，雞蛋在爲公家是一種奢侈品。每天早上，母親都會打一顆生雞蛋，加進很多醬油，平分給三兄弟拌飯，他還記得被分到蛋白的部份時，心裡有多哀怨……。蛋剛產下來時的那種溫暖和味道，在回憶中甦醒過來。要說溫暖，這個家連走廊都是溫暖的，柱子、牆壁彷彿會呼吸一般，這就是所謂的「家」嗎？

突然，貫太郎的怒罵聲傳來。

「你說什麼？給我再說一遍！」

客廳裡，寺內家人像平日一樣喝茶聊天，但是今天周平提出想搬出去住的要求，惹得貫太郎大為公火。

「明年的現在，我不想再替自己找任何藉口了，我不想再把定不下心唸書當成落榜的理由了。」

「你只是任性，把錯推給別人！」

「我想我懂小平的心情，就算只是一間三疊大的房間也好，眞想要一個能夠獨處的地方啊。」靜江說。

「靜江！女孩子只有出嫁時才能離開家，我絕不允許那種行為！」

「多桑，靜江又沒說要搬出去住。」

貫太郎根本不聽里子的勸說，大聲叫嚷著：

「你想搬出去住根本是不安好心，只是為了方便帶女孩子上門。」

「才不是這樣，我在家裡根本沒辦法專心，一下子叫我吃飯、喝茶，早上不一起吃飯又要挨罵，我根本沒辦法徹夜唸書啊！」

「你說什麼！」

里子整個人擋著準備出手揍人的貫太郎，她說：

「周平，就算你租得到房子，頂多也只能租到四疊半的小房間，還是木板隔間的，這樣鄰居的電視聲、小孩子的哭聲，還不是聽得一清二楚。」

「外人我可以忍受，但是自家人製造出來的噪音只會讓我分心。」

「你不要太放肆了！」

里子又改用家境來說服周平。

「可是家裡不是很寬裕，沒有餘錢讓你在外頭租房子啊。」

「那還用說！」貫太郎也附和。

「錢我會還你們。」

「你說什麼！」

「你們先借我錢，等我以後工作再分期償還，這樣總可以了吧。」

「王八蛋！」

貫太郎揮拳的速度一向比嘴巴快，但這次出手的並不是貫太郎，而是爲公。只見他用力推開拉門，衝進來朝周平一拳打去。

「幹什麼啊你！」

「我聽不下去了！讓我來好好修理你這個被寵壞的傢伙！」

爲公揪住周平一陣猛打，貫太郎和家人們都大吃一驚，趕緊勸阻爲公。

「爲公你在幹什麼啊！」

「這跟你沒關係吧，不要打了！」周平也不甘示弱，予以回擊。

他想推開爲公，爲公卻像鱉一樣死纏著他不肯停手。

「你說家人叫你吃飯、喝茶會讓你分心，自家人讓你感到焦慮不安？哼！眞是笑死人了——哈哈，哈哈哈，眞是天大的笑話！」爲公的聲音聽起來似笑又像哭。「周平！不要講得那麼好聽，讀書人根本沒那麼偉大！」

爲公使勁地壓制周平，里子見狀不禁尖叫著求情：

「爲公！你就原諒他吧！」

不過，貫太郎卻一把推開勸架的里子。

「不要管他們。」

「周平，你自己賺過錢嗎？你曾經數著口袋裡的五圓、十圓硬幣，算計著可以吃幾個水餃嗎？你曾經在下雨的傍晚回到沒有家人等候的空房子嗎？不管你怎麼等，都沒人會叫你吃飯、喝茶，沒人擔心你、嘮叨你，你知道這是多麼，多麼……」

爲公哽咽地再也說不下去，琴阿嬷適時遞上一條擦手巾，雖然不大乾淨。

美代子也從圍裙口袋掏出一條小花手帕遞過去，她也是淚眼汪汪的。爲公看著琴的擦手巾和美代子的手帕，猶豫片刻後，收下了小花手帕，大聲地擤了鼻涕，搖搖晃晃地離開了。周平和貫太郎等人，則各自揣著自己的心事，靜靜坐著。

「快住手！」

里子端著熱紅茶到爲公借宿的房間，卻只看到睡衣、棉被捲成一團，沒見到爲公的身影。靜江也因爲擔心趕來了。

「爲公大概是回去了吧。」

「他的感冒好得差不多了。我本來想再招待他一晚，讓他好好喘口氣的，卻發生這樣的事……」

里子注意到走廊上有個巨大的人影，是貫太郎來了。他靜靜地盯著爲公離開後的房間，隨即轉身離開。

阿岩師傅在公寓迷迷糊糊地打著盹，被爲公哼著歌鋪床的聲音吵醒。

「你不是還要住一晚嗎?」

爲公沒說話，只是更輕快地哼著歌。

「待在後宮的感覺如何啊?」

「唉，煩死了，就連拿個筷子也要被嘮叨半天，真虧他們受得了。」

爲公一骨碌地鑽進被窩，仍不停地哼著歌。

「我看你也該娶個老婆了。」阿岩師傅說。

爲公翻過身去，阿岩師傅沒有看漏他眼角的淚光，默默地幫他蓋好被子。爲公則繼續哼著歌，聲音如泣如訴……

鼠雛日

這天貫太郎一早就渾身不對勁，當他一如往常對著神壇合手膜拜時，赫然發現擺在神壇上的供物有啃噬過的痕跡。

「難不成是老鼠嗎？」里子站上椅子檢查神壇。「啊，有一堆老鼠屎！」

她將一顆顆的老鼠屎掃下來，嘴正張著老大的貫太郎趕緊跳開。

「混帳！妳在幹嘛！」

似乎有老鼠屎掉進貫太郎嘴裡，他全身發顫，呸呸呸地吐著口水。

「去擺個捕鼠器！」

「捕鼠器啊，那樣老鼠很可憐啊，我不喜歡，牠們被抓到時都是這種表情耶。」

里子說完，吐著舌頭翻著白眼。

「混帳東西！大清早的裝什麼鬼臉！」

里子趕忙賠不是，對當眞動怒的丈夫卻打從心裡覺得好笑。

貫太郎很討厭老鼠。

「與其說討厭，不如說是害怕吧。」靜江對美代子解釋。

「眞的嗎？」

「像是老鼠啦、蜘蛛啦、毛毛蟲這些小蟲子，都會嚇得他驚聲尖叫呢。」

「眞是不敢相信。」

「聽說塊頭大的人就怕這些小東西。」

「那靜江小姐最怕什麼?」

靜江呵呵笑著回答:「多桑……」

儘管頑固的貫太郎還不肯跟自己的男友說話,靜江依然很愛父親。

老鼠的騷動持續延燒到早餐餐桌上,正端著碗吃飯的琴突然驚叫出聲,把嘴裡的飯吐到手掌上,大喊著:「老鼠屎!」

全家人都露出嫌惡的表情,像說好了一樣同時停下了筷子。

「我還以為是老鼠屎,原來是黑色的米粒啊。」

「阿嬤,妳眞噁心耶,眞是的!」

周平戳了祖母一下,琴也不甘示弱反擊回去。

「哎唷,把老鼠屎吃下肚不是更噁心嗎!」

琴把吐在手中的飯菜又塞回嘴裡嚼著。大家鬆了口氣,但是倒盡胃口,紛紛打量起碗裡的米粒。經過琴這麼一攪和,貫太郎的食慾大失,琴似乎故意要尋討厭老鼠的貫太郎開心,說什麼這兩三天老是聽到老鼠在天花板上開運動會,非買個捕鼠器捉老鼠不可,邊說還要里子幫她再添一碗飯。

「捕鼠不難,抓到以後要怎麼善後才是大問題。」

「以前都是阿公在處理這種事,他把老鼠連同捕鼠器浸到水桶裡,淹死牠,要是提起來老鼠還在吱吱叫,就再把牠浸到水裡,一直到……」

貫太郎再也按耐不住，咆哮起來：「吃飯不要聊老鼠！沒有其他話題好聊了嗎？」

霎時眾人都安靜下來，默默地動著筷子。這時，琴又哇地把飯吐出來，里子忙探出身子問：「是老鼠屎嗎？」

「不是，是顆黑石子。」

一旁的周平又戳了戳吃相不雅的祖母，說：「眞是的，髒死了！」

換作平時，琴準會說「喲，你已經大得會耍嘴皮子啦。」要不就是「你在說什麼呀寺內先生？」反擊，但她今天似乎心情不太好，只是一臉嚴肅地說：「有哪個老人家是乾淨的？每一個人呱呱墜地時都是白白淨淨的，但這個軀殼都用過七十個年頭了，還能怎樣？」

「那也請妳稍微節制點。」貫太郎難得對琴說了重話。「和大家一起生活，要儘可能把自己打理乾淨，免得討人厭。」

「承蒙不棄，感謝各位招待。」

琴必恭必敬地點頭致意，這是她生氣時的反應。

「里子，從下一頓飯起我在自己房裡吃。」

「阿嬷，幹嘛這樣呀……」里子正準備往下說，天花板傳來一陣老鼠奔跑聲。

「你看看，連老鼠都生氣了！」

琴用手蓋住飯碗，抬頭盯著天花板。貫太郎也學著琴的動作，大聲命令周平：「喂，你今天要負責撲滅老鼠。」

「我不行啦，多桑你自己去。」

「如果多桑爬上天花板，豈不會把這個家壓垮了嗎？」里子這句話惹得一陣哄堂大笑。

「我要唸書，不行！」

「才叫你做點事就搬出唸書來搪塞，只要用你平常聽音樂發呆的時間就搞得定嘛。」

「卡桑，我要喝茶。」

周平沒理會貫太郎的嘮叨，把杯子遞向里子，這舉動惹火了貫太郎，加上老鼠事件的火上加油，貫太郎咆哮著：「不許倒茶給這傢伙！」

而周平固執地說：「卡桑，茶！」

貫太郎一手揮掉周平手上的杯子。

「喂！你以爲你靠誰吃飯啊，不想想自己家事也不幫忙，成天遊手好閒的，還這般對母親頤指氣使，這像話嗎？」

「等等，講到吃，做父母的供小孩吃住不是天經地義嗎？」

「什麼！」

「要是不想給飯吃，幹嘛還把人家生下來？」

「混帳東西！生你這張嘴只會出言頂撞！」

「我可沒拜託你們把我生下來！」

話音未歇，周平整個人已經被踢下簷廊。

「可惡！」

周平甩了甩頭爬起身，打算衝向貫太郎時，被阿岩師傅攔住。

「大清早就這麼熱鬧啊！」

「阿岩師傅，放開我！」

阿岩師傅的個子雖還不到周平肩膀，成天敲打石頭練就了一身力氣。他悠哉悠哉地對大家道早安，同時緊緊壓制住周平不放。阿岩師傅總是這樣來調解寺內家的紛爭。今天他要和為公前往佃島出差。

「阿岩，我打算中午過後再去瞧瞧露個臉，麻煩你了。」

貫太郎點頭致意。阿岩師傅「碰碰」拍著胸脯虛張聲勢一番，沒想到一個重心不穩，踉踉蹌蹌差點跌倒，幸好琴正好在走廊，出手扶了他一把。

「噢噢，阿岩也老囉。」

「哪裡，還早哩。」

阿岩師傅一副不服老的架勢，擤了一把鼻涕往為公袖子上抹去。

「眞噁心！」爲公抱怨。

琴從身上的灰色圍裙口袋裡拿出衛生紙，擦掉爲公袖口上的鼻涕，一臉正色說道：「阿岩啊，如果你還打算和年輕人一起工作，就得把自己打理乾淨點，聽到沒？」

琴現學現賣，拿貫太郎說的話講給阿岩師傅聽，阿岩師傅假裝沒聽到，伸了個懶腰笑著對周平說：「今天天氣眞好，像是有好事要發生啊。」

說完，他拿起毛帽，甚至連眼鏡也脫下了，恭敬地向客廳裡的貫太郎鞠躬致意。

「老闆，那我出門了。」

他讓爲公揹著工具箱，自己外罩石貫短外褂，大搖大擺地走著，那神氣的背影就是號稱全日本第一、有五十年老經驗的對獅雕刻名家——阿岩師傅。

十二點前不久，阿岩師傅的兒子倉島和雄來訪，那時里子正好外出購物，琴也到花店去找花隈串門子，屋裡只剩下美代子一個人。阿岩的兒子大約三十出頭，一身上班族打扮，他和貫太郎在客廳裡對面而坐，面前擺著一本不知做什麼用的小冊子，兩個人窸窸窣窣討論著。美代子正要端茶入內，聽到貫太郎難得消沉地說：「你的心意我懂。」

「這是我深思熟慮後的結論……」倉島把小冊子往貫太郎面前一推，低著頭說：「希望您能夠成全。」

「嗯。」貫太郎雙臂環抱胸前，睥睨天花板一角，低聲沉吟著。一看到美代子走進客廳，貫太郎忙把小冊子收進信封，大聲介紹：「這是阿岩師傅的兒子。」

「咦？阿岩師傅有兒子嗎？啊！不好意思，真是失禮。」

阿岩師傅曾經告訴美代子，他在世上沒有至親，原來他在說謊啊——美代子畏畏縮縮地把茶放妥，返回廚房時，身後傳來貫太郎不由分說的嚴厲口吻：「倉島先生，這件事讓我再考慮考慮。」

「那我回大阪前會再和您聯絡。」

送走倉島後，貫太郎特意叮囑美代子：

「不准跟任何人提起阿岩兒子來訪的事。」

「老闆……」

「就連阿岩也不能說。」

說完他拿起裝有小冊子的信封，走進辦公室。

里子買了捕鼠器回來，美代子幫忙拆包裝，裝得若無其事地問：「阿岩師傅有家人嗎？」

「有啊，聽說有個哥哥在鄉下老家，還有一個已經嫁人的姊姊。」

「那阿岩師傅成家過嗎，他說過沒有親人……」

「實際上是有的。」

「是女兒嗎?」

美代子明知故問,儘管過意不去,她就是無法不在意。

「有個兒子……」

「可是他說他沒有小孩。」

「阿岩只要談到兒子就老大不高興,才說自己沒小孩吧。」

「他兒子很不成材嗎?」

「才不是呢!聽說在大阪一家大公司上班,表現很不錯,就快要當課長了,還娶了一個家世很好的太太。不過阿岩的脾氣倔,可能跟媳婦合不來吧。」

「所以他才故意說自己是孤家寡人啊。」

美代子正想追問下去,琴喊著肚子餓,進來催午餐,這個話題只好到此爲止。

貫太郎要是肚子一餓,就算只超過午餐時間一會兒,都會很不高興,里子正急忙忙準備開飯,靜江走進來歪著頭說:

「多桑怪怪的,他說今天不吃午飯,整個人無精打采的。」

里子走進作坊,看到貫太郎站在對獅旁出神,問起發生了什麼事,他只說「沒什麼」。

「怎麼會沒什麼?你從來不曾不吃午餐的啊。」

「我是人，自然也會有不想吃的時候！」

這時候，忘了東西的爲公趕回來拿，換作平常一定會挨罵的，貫太郎今天卻只對畏首畏尾的爲公說「趕快回去幫忙。」

里子和爲公都狐疑不已，面面相覷。

琴說一定是夫妻閨房不睦，貫太郎才會這麼悶悶不樂。

「可是都是老夫老妻了。」

靜江站在一旁，里子顯得有點困窘。

「什麼話，男人和女人到死都是男人和女人，這可是『水戶黃門』的（註一）母親說的。」

「是『大岡越前』（註二）的母親吧。」

「總之是其中一個人說的就是了。」

「可是我沒有印象做了什麼讓他不高興的事啊？」

「工作順利，也沒有金錢上的煩惱，還有什麼事會讓貫太郎這麼提不起勁……」

琴大口咬下大福麻糬，嘴裡唸著大福麻糬又變小了，發了好一頓物價飛漲的牢騷，才重拾剛才的話題。

「我啊，一直覺得男人在家裡能發脾氣是好事，那表示這個家沒問題。」

「的確，看到他這麼沒精神……」

「還是平日耀武揚威的他比較好。」

這時碰巧周平回來，他插嘴說：「多桑該不會是得了中年憂鬱症吧？」

「開點藥治治他好了，就讓他發洩一下。」琴冷不防地笑出聲。「他這是盲腸裡積了一堆屁害的。」

大家都聽得一頭霧水，不知道琴究竟在說什麼。

「割完盲腸，病人只要能放屁就沒事了不是嗎？」

眾人還是不懂。

「只要能讓貫太郎大罵一聲王八蛋，激得他出手揍人，不就沒事了。」

「馬上就可以搞定！」

「問題是誰要犧牲做這件事呢？」琴邊說邊看著周平。

周平彈了彈手指，自告奮勇說：「就交給我吧！」

註一：「水戶」是地名，「黃門」是官名。水門黃門是德川家康的孫子、水戶藩第二代藩主，在日本是家喻戶曉的人物，其改編時代劇的人氣也是歷久不衰。

註二：即大岡忠相。以「大岡裁判」聞名、地位似中國的「包公」。改編時代劇自一九七〇～一九九〇播出，廣受好評。

然而貫太郎的態度越來越奇怪了。周平帶了女友眞弓回家，刻意走到正在工作的貫太郎面前，親熱地摟著眞弓，舔著棒棒糖，貫太郎只是眼角微微上揚瞄了一眼，一句話都沒說。換作平常一定是劈頭就罵，拳腳齊飛，今天他卻只是淡淡地說了句「閃到一邊去」。

正當眾人束手無策時，上條正好載運石材過來，琴拜託他幫忙修理連接她的住處和主屋間的吊橋。

「如果寺內先生不介意的話……」

琴強拉著猶豫不決的上條進屋，見靜江想勸阻，琴附耳對她說：「本來就沒有不讓上條先生進來的道理，要是貫太郎見了生氣，那不是一舉二得嗎？」

上條雖然寡言，卻很體貼老人家，對於琴絮絮叨叨的說明，臉上也不見慍色，乖乖前去修橋。結果碰巧被貫太郎撞見，里子、美代子等人都是心頭一怔，琴反而故意大聲說：「上條先生眞親切，靜江好幸福喔！」

靜江連忙衝到貫太郎面前解釋：「多桑，是我麻煩他的，上條先生本來說要先得到您的准許才修理，是我勉強他的……」

而貫太郎只是揮了揮手，示意她退開，自己則趨前朝上條微微點頭致意。

「不好意思，老人家就是任性。」他看也不看目瞪口呆的眾人們，轉頭對琴平靜地說：「大家這麼照顧妳，妳要懂得珍惜啊。」

說完貫太郎便回到作坊，背影顯得相當頹喪。

「看來事情絕對不簡單。」琴對里子說。

「早上明明沒事的啊，我才去買個東西就變了個人。美代子，我出門的那段時間發生了什麼事嗎？」

一定是因爲阿岩師傅兒子的事，美代子心中如此認定，但是貫太郎交待過她不許說，只得支吾其詞地說：「沒有啊……」比平常更勤快地打掃家裡。

貫太郎坐在辦公桌前，不時取出抽屜裡的文件瞧上一眼，嘆了口氣又把文件收起來。琴走到貫太郎身後，摸著貫太郎後頸像瘤腫起般層層的肥肉說：「眞是越來越像你死去的多桑……」

貫太郎厭惡地撥開琴的手，琴卻沒有罷手的意思。

「你多桑在跟你現在差不多年紀的時候，曾經迷上鐵路對面那家小吃店的鬈髮老闆娘……」琴豎起小指，壓低聲音說：「如果是女人的問題，不要跟里子說，卡桑來幫你善後。」

貫太郎一把甩開琴的手，走出辦公室。

「至少也回句話嘛。」

琴邊嘀咕著坐在辦公桌前，不經意打開抽屜一看……。只見她臉色大變，嘴巴張得老大，然後，她突然笑了起來，心想「原來是這麼一回事啊」。她眼前的是一份伊東養老院的介紹手冊和入住申請書。

琴此時此刻突然很想見阿岩，到作坊一看，只見貫太郎在滿室薄暮裡獨坐。對了，阿岩出差去了啊……。琴上前拍拍貫太郎的肩膀說：

「你也眞是的，該說你溫柔呢，還是心眼小？這點小事就讓你魂不守舍，傷透腦筋？」琴危顫顫地轉身離開，說：「不必在意，沒有人會恨你的。」

不過貫太郎專心揮動著手中的鑿子，像是沒在聽琴說話。

從這一刻起，琴也開始變得陰陽怪氣的。

「阿嬤，今天的晚餐可是您最愛的鯛魚火鍋喔！」里子邊剝洋蔥邊說。

「不用費心了，里子。啊，算了，反正我在這個家的時間也不長了，就好好享用這一餐吧。」說完，又鄭重其事地說：「感謝長久以來承蒙照料。」

「阿嬤妳怎麼了？」

「八成是白天睡太久睡昏頭了吧。」

周平喝完水一如往常開琴的玩笑，不料琴忽然淚流滿面，嚇了他一大跳。

「這眼淚配合度怎麼這麼高。奇怪，我又沒剝洋蔥，怎麼就流淚了呢。」

眼淚混合著鼻水，順著琴長著老人斑的臉頰一路淌下。

「阿嬤妳好噁心哦！」

周平半帶開玩笑的口吻說著，然而今天琴的回應卻格外平靜。

「阿嬤很髒嗎？髒到你們都不願意跟我同桌吃飯嗎？」

手握菜刀的里子一下怔住，周平也窘在當地。

「要不是真的很髒我才不會說。阿嬤，您就不要再鬧彆扭了。」

「你總有一天也會七十歲的。」

琴吸著鼻涕，走出客廳，來到自己房門外時，用圍裙的袖子擦去淚水，她不想在自己的偶像澤田研二面前一把鼻涕一把眼淚的，那樣實在有失女人的面子。她站在海報前，破涕為笑說：「Julie，我要是真住進老人院，一定會號召院內的老人組團去參加你的演唱會，你要等我哦！」

琴像平日一樣扭著身子對海報喊了聲「Julie」，不過下一秒，她嗚嗚地跪倒在榻榻米上放聲大哭。

當天晚上，寺內家的餐桌只見里子、靜江和美代子三人。貫太郎說要晚點再吃，周平突然說要到火車站前買東西，去房間請琴出來吃飯的美代子連滾帶爬跑進來說：「阿嬤好奇怪，她流著淚在整理行李，還送我這個，說是紀念品。」

美代子展示手上的一隻古董梳子，里子倏地站起身要去一探究竟，靜江卻擋住母親的去路，問道：「卡桑，我們家是不是有神經衰弱的病史？」

「小靜，妳在胡說什麼？」

「可是，多桑和阿嬷都變得好奇怪。卡桑，妳是不是有事瞞著我們？」

「難道是……」美代子不禁脫口而出。「對啊，自從那個人回去後，老闆就變得很奇怪。」

「那個人是誰？」

「老闆娘去買捕鼠器的那段時間，阿岩師傅的兒子來過。」

「妳怎麼不早說，妳不是說我不在的時候沒事發生嗎？」

「老闆交代過不能跟任何人提起啊……」

「多桑他？」話才出口，里子隱隱聽到辦公室那邊傳來爭執聲……

「我不答應！」發話的是貫太郎。

貫太郎和阿岩師傅的兒子倉島和雄之間，擺著那份老人安養院的文件，彼此瞪視著對方。

「我無法理解，光是心理上就不能接受。」

「請聽我說，寺內先生，我父親就是不肯跟我們一起住，他和內人實在處不來啊！」

「我不是說過阿岩的後事在我家辦就行了嗎！」

里子、靜江和美代子一齊擠在辦公室的玻璃窗邊聽兩人的對話。

「我父親也是這麼說的，還說要在府上一直工作到倒下爲止，可是身爲人子，我哪能眞的丟下他不管呢。」

「那也用不著送他去安養院吧！」

「我只是個普通的上班族，老實說安養院的負擔並不輕鬆，但這是我唯一能聊表孝心的方法，才打算送他去有溫泉設施的安養院啊。」

「你父親才不稀罕去那種地方。」

「所以我才想請寺內先生勸勸他，我父親都一大把年紀了還在工作，我這個做兒子的實在臉上無光。」

「面子算什麼！」

「而且他還有神經痛的老毛病。」

「身體還能工作就是好事！」

「我過意不去啊！」

「阿岩的後事我負責，就當作沒這回事！」

貫太郎把文件退還給倉島。琴則躲在里子身後看得目瞪口呆。

「原來，那是阿岩的啊……」

然而倉島不肯善罷干休，他似乎也遺傳到了父親的頑固性格。

「那太麻煩你們了。」

「我都說沒問題了，不要再囉哩叭嗦的！」

「可是如果被公司的人知道，我很難交代。」

「不要只顧你自己的面子！」

「我才不是好面子，這是深思熟慮後的決定！」

「聽到老人安養院我就有氣！」

見到兩人氣沖沖地起身，里子忙衝進來調解。

「多桑，你怎麼用這種態度對待人家的公子。」

「妳給我閃遠點！這傢伙打算把老子送到安養院，妳知道嗎？」

「你不過是個外人，多管閒事！」

里子還來不及阻止，貫太郎已經出手，連里子也遭到波及，挨了兩三拳，靜江、琴、美代子等人趕緊出手相勸，好不容易才制住貫太郎。貫太郎喘著大氣，冷冷地瞪著倉島說：「我家也有長輩，辦一回喪事和辦二回喪事，沒多大差別。」

「寺內先生……」倉島低著頭潸然欲泣地說。「我父親他……就麻煩您了。」

琴抽咽著走向前來，說：

「我也會照顧阿岩的。」

也已經眼泛淚光的美代子見狀，故意開朗地說：「噢噢，阿嬤好威風啊！」琴害臊地扯著美代子的辮子，還以顏色。

這下子貫太郎成了凱歸的大將軍，由寺內家的眾女眷簇擁著回到客廳。爲了掩飾自己的靦腆，貫太郎故意板著臉孔，靜江則撒嬌著抓住貫太郎說：「害人家白擔心一場，多桑最討厭了！」靜江邊說邊做勢捶打父親，里子也戳著丈夫寬闊的背說：「眞是的，連我都無辜挨揍。該罰、該罰！」

「夠了，夠了，別鬧啦！」

「哪行呀，大家都過來，好好修理貫太郎，從頭到尾一聲不吭，跟悶葫蘆一樣，才搞成今天這種局面。」說完琴便湊上前使勁拍打著兒子。

「美代子，妳也來揍幾拳，要妳憋著不准說一定很難受吧。」

經里子這麼一說，美代子的確覺得委屈，便說：「那我就不客氣囉！」話音剛落，隨即像拍打西瓜一樣，朝貫太郎的大頭結實地拍了下去，發出很大一記「啪」的響聲。

「連美代子也來湊熱鬧，啊啊，好痛！」貫太郎嘴裡雖然喊痛，臉上卻難掩興奮之情。「今晚總算可以安心吃頓飯了。」

貫太郎正走到餐桌前，周平碎碎唸地走進來。

「眞討厭啊，到處都找了，要找的時候卻偏偏找不著。」

「你找什麼去了？」靜江問。

這時，周平冷不防拿出一個怪玩意兒朝貫太郎丟過去。

「哎呀！」一聲大吼，貫太郎嚇得跳起來。

周平丟出的是橡膠製的玩具老鼠，他連丟了兩三隻猶嫌不足，還抓著另一隻的尾巴，在被嚇得面如土色的貫太郎臉頰旁來回磨蹭。

「混帳東西，你在幹什麼！」

「生氣了，生氣了，卡桑妳看，多桑生氣了耶！」

「搞什麼呀！」

「小平，不要鬧了！」

「都結束了啦！」眾人七手八腳制止周平，正在興頭上的他哪裡理會。

「好你個王八蛋，竟敢戲弄我！」說時遲那時快，貫太郎已經一拳揮出，周平被打飛出去，嘴裡還怪叫著：「噢，力氣很大喔！卡桑，多桑已經沒問題了！」

「你到底在嚷嚷什麼啊！」

最後還是寺內家眾女眷團團壓制住周平，說清楚了來龍去脈，好不容易才結束這場騷動。

阿岩師傅和爲公一直到很晚才回來。

「阿岩，先來喝一杯吧！」貫太郎爲他倒上一杯酒。

「阿岩師傅，鯛魚火鍋馬上就準備好了。」

「阿岩師傅，不墊個座墊會冷哦！」

「阿岩師傅，抽根菸吧！」

你一言我一語，大家都熱絡地招呼阿岩師傅。

「至少也招呼我一句嘛，又不會少塊肉。」

看著忿忿抱怨的爲公，阿岩師傅喝著酒，嘿嘿笑著說：「資歷老，待遇就不一樣嘛！」阿岩師傅拿筷子夾起魚肉說：「你們怎麼都猛盯著我瞧啊？」

大家都垂著頭不知如何作答。

「這是冷凍鯛魚對不對？」

「阿岩，你什麼都不知道，才能這麼威風啊！」琴故意大聲這麼說。

里子用眼神制止琴；阿岩師傅沒說什麼，只是「呸」地吐出鯛魚骨，周平這回沒說「噁心」這種不識相的話，悄悄將魚骨頭撿起來放進菸灰缸裡。貫太郎只是逕自點了菸，什麼都沒說。

螢之光（註）

註：日本的驪歌，原曲是蘇格蘭民謠。

美代子展喉高唱驪歌。

地點是在新潟高中的大禮堂，美代子站在穿著水兵服的同學中間，拉開嗓門同聲齊唱。

「仰高彌尊　我師之恩　何時能再親臨芳澤」

站在美代子旁邊的胖加代嚎啕大哭起來，受到她的感染，抽抽搭搭的啜泣聲此起彼落，美代子的眼淚也不爭氣地掉了下來。

「韶光易逝　此時此刻　分道揚鑣各奔東西」

美代子因爲哭得太傷心而醒了過來，原來是做夢。轉頭一看，鬧鐘不在枕邊，在被窩裡摸出鬧鐘一看，已經快七點了。

「對不起！我沒聽到鬧鐘響！」

美代子畏畏縮縮地走進餐廳，琴逮著機會酸酸地說：「大小姐起床了啊。」

「這時節是一年中最好睡的時候啊。」

「年輕人睡得多嘛。」

靜江、里子幫著打圓場，不過琴今天似乎心情不太好，猛找美代子的麻煩。

「現在年輕人眞是好命，當傭人的最晚起床，笑一笑就沒事了，在我那個年代，睡過頭哪有臉吃飯啊。」

美代子正大口扒著飯，聽了琴的話，拿著筷子不知該怎麼辦才好。貫太郎適時替她解圍說：「如果睡過頭就不吃飯，那怎麼長肉。」

「我倒是覺得瘦一點比較好。」

「妳這是什麼話，年輕女孩就是要有圓滾滾的『腳穿』（『屁股』的臺語說法）才漂亮嘛！」

「哎唷，什麼『腳穿』啊，你就不能說『屁股』嗎？」里子唸著丈夫。

「反正還不都一樣。現在的小孩子都太瘦了，靜江、周平也一樣，你們要好好吃飯，多長點肉才行。」

「多桑是想讓世界上再增加幾個胖子吧。」

周平的一句話惹得大家笑開了，剛才尷尬的氣氛也輕鬆起來，靜江問說：

「美代子，妳決定要上什麼課了嗎？」

「我覺得上裁縫課好像比上烹飪課好，不過還沒有決定。」

「趁著四月份學校開學，我建議美代子利用晚上的時間去進修。」里子向琴說明。

「什麼？美代子妳想當裁縫師嗎？」

「男人就只會想到那邊去，」里子儘管不以爲然，還是對貫太郎說：「女人家最好有一技在身，這樣要是以後丈夫有了萬一，也不愁沒有依靠啊。」

「那找個身強體健的丈夫不就得了。」性急的貫太郎聲音大了起來。

「那也不一定保險，要是眞有那麼一天，如果有個裁縫的本領，總比只會在家燒飯來得踏實，不是嗎？」

「太誇張了吧，你們已經在替美代子安排守寡後的出路嗎？」

周平笑道。他還唆使美代子乾脆去學別人不學的合氣道或空手道，引來大夥兒一陣撻伐。琴也說如果要學做菜，她和里子就可以教，何必到外面去學；靜江則建議美代子去學美容美髮——眾人口沫橫飛你一言我一語的，飯都忘了吃。美代子對於貪睡的愧疚感早已煙消雲散，心中只有滿滿的幸福，原來老闆全家人都在爲自己的往後著想啊……

「那麼學費怎麼辦？全都由家裡出嗎？」琴淡淡地說。

「美代子自己出一半，另一半我們幫她出，多桑，你覺得這樣如何？」

里子體貼地提議。靜江也鼓勵美代子說：

「美代子，那妳得準備筆記本和文具才行。」

「我有本活頁筆記本可以送妳。」周平也說。

此刻美代子的一顆心早已飛到課堂去了。

「我最怕被老師問到問題答不出來了，而且聽說還有社團活動對吧？」

「美代子好幸福啊，可眞生對了時代哦。」

里子發現琴話中帶酸，若無其事地支開美代子去廚房，見她哼著歌腳步雀躍地離去，琴又嘀咕著：「那是當僕人的態度嗎！」

「阿嬤，現在都叫『幫傭』，不叫『僕人』啦。」

「時代不同囉！」

琴和美代子一樣在十七歲時住進寺內家當女傭，轉眼間已經過了五十年，看到美代子現在的待遇，她心裡總覺得不是滋味。

經過一番苦惱，美代子決定去上烹飪學校。她趁跑腿買東西時去拿了入學申請書，還把申請書拿給阿岩師傅和爲公看。阿岩師傅戴起老花眼鏡，撿著申請書上認識的字讀著，說道：「那可得好好幫妳慶祝一番才行。」

「阿岩師傅您眞討厭，說是烹飪『學校』，也只不過是在超市二樓的教室而已啊。」

「不管怎麼說，上學就是上學。」

「那我來當妳的保證人好了！」爲公一副老大哥的口吻提議。

「眞不好意思，老闆已經說要當我的保證人了。」

「哦，是麼……」

這時熟識的郵差來了，他將信件放在石材上，揮揮手示意便離開了。

「辛苦了！」

今天心情特好的美代子向郵差大聲道謝。有一封信是給爲公的，鐵定是酒吧寄來催款的帳單，畢竟阿岩師傅和爲公平日難得有信。另一封信較大，收信人是美代子，信封上註明了「內附照片，請勿折疊」的字樣，翻到背面，新潟兩字和下澤加代的名字躍入眼簾。爲公也欺身過來看著信封。

「新潟寄來的啊？是家裡嗎？」

「我家人已經都不在了。」美代子拆著信封，開朗地回答。

阿岩師傅擰著爲公的耳朵，小聲斥責道：

「王八蛋！不是說過她沒有兄弟姊妹、父母都不在了嗎！」

「啊，眞是對不起。」

「是我高中同學寄來的。」

美代子自信封中抽出照片，上頭有大約三十個高中生手持畢業證書排排站著。

「哇！是畢業照耶！」

阿岩師傅和爲公也探頭看起照片來。

「就是唱著『仰高彌尊、我師之恩』的典禮嗎？」

「哇！這是町田老師，一臉正經的。這是道江同學，她總是考第一名，腦袋很好，家裡是開乾貨店的。那是竹井同學，書唸得很差，但他是班上倒立最厲害的，這一個是……」

爲公打斷指著照片喋喋不休的美代子，問道：「那美代子在哪裡啊？」

「欸？」

「就是妳站在——」

美代子掩口小聲笑著說：「我怎麼會在裡面嘛！」

「爲什麼？」

「因爲我沒參加畢業典禮啊。」

美代子將照片丟進購物籃裡，哼著歌，輕快地朝主屋走去。

「韶光易逝　此時此刻　分道揚鑣各奔東西」

阿岩師傅和爲公兩人面面相覷。

「原來美代子高中輟學啊……」

美代子走到中庭的井邊時，停下腳步，不再哼著歌，她從購物籃裡拿出照片，盯著看，感覺一團熱流從胸口猛往上竄。她想起今早夢見自己參加畢業典禮的那一幕。

「美代子！」

是周平的聲音。美代子趕緊拭去流過臉龐的淚水，她看到周平和女友眞弓就坐在走廊上。

「歡迎！」

眞弓從紙盒裡拿出巧克力棒遞給美代子，無憂無慮地笑著說：「來一些吧！」

「謝謝！」

三人像在比賽誰的牙齒硬似的，咯吱咯吱啃著餅乾的聲音此起彼落。突然，周平開口說：「我認爲是一四七八年。」

「是一四九二年！」

美代子聽得一頭霧水，問說：「你們在說什麼呀？」

「南特詔書（註）的年份。」

「是一五九八年。」美代子不假思索地說。

周平嚇了一跳，眞弓則佩服地叫著說：「對，是一五九八年沒錯！」

「美代子，妳眞厲害。」周平一臉難以置信地盯著美代子。

「我最擅長記年份。」

「眞是諷刺，要準備聯考的我答不出來，反而像美代子這種記住也沒用的人隨口就說得出來。」

眞弓也說：「對呀。美代子，妳是哪所高中畢業的？」

「……謝謝妳的巧克力。」

說完，美代子便進屋去了。

「她應該是在新潟唸高中的吧。」

「看來鄉下學校特別重視年份。」

「對呀。」

周平和眞弓做夢也想不到這番話會傷了美代子的心，深深地刺進她的身後。胸口的熱流湧到喉頭，美代子只想躲進自己的房間放聲大哭，但是走到客廳時，不巧碰到里子和琴在喝早茶。

「入學申請書拿到了嗎？」里子邊說邊在美代子專用的紅色杯子裡倒入粗茶。「保證人的欄位，就拿去請多桑幫妳蓋章。」

琴正吃著艾草大福餅，她盯著美代子的購物籃，催促地說：「我麻煩妳買的東西呢？」

「欸？啊！」

「不是欸、啊，是線香。」

「糟糕！」

「忘記了嗎？」

「對不起！」

註：法國國王亨利四世簽署頒布的一條敕令，承認法國國內胡格諾教徒的信仰自由。

「自己的入學申請書沒忘記，倒是別人麻煩妳的事全都忘得一乾二淨了。」

「我馬上去買！」

「不用特地去買了，好像是我故意差遣妳似的。」

「阿嬤……」里子用眼睛示意琴不要再說下去，但琴可不吃這一套，又說：

「妳以爲自己是寺內家的大小姐嗎？」

「沒這回事，我知道自己是個『幫傭』而已。」

「妳再說一次看看。」

「欸？」

「妳說自己是什麼來著？」

「『幫傭』啊……」

「聽說現代人都叫『幫傭』，在我那個年代可都是叫『僕人』呢。」

美代子胸口那團熱流又猛地竄升，她緊咬嘴唇，抑住淚水。

美代子端茶進入辦公室，貫太郎叫靜江從金庫裡取出印鑑，那是個跟他體型相稱的大印章。

「該塡的地方寫一寫，我來幫她蓋章。」

貫太郎拿著印鑑在嘴邊哈氣。不知是因爲高興還是傷心，美代子覺得那股熱氣又湧至嘴邊。

「哎呀，美代子妳為什麼填國中畢業呢？」寫上保證人地址的靜江問道。「妳不是有唸高中嗎？」

「不過我沒有畢業。我母親五月去世，我寄宿在叔父家，他家是做生意的，忙得不可開交，我實在不好意思丟下不管自己去上學，高三上學期就辦休學了。鄉公所的樋口先生也說只剩下半年就可以畢業，太可惜了。」

「是這樣啊……」

「現在想起來，那時候應該堅持到畢業才對，不過後悔也來不及了。」美代子擠出笑容，儘可能輕鬆地說。「寫高中肄業太難看了，所以我就填國中畢業囉。」

「不用喪志，妳要慶幸至少四肢健全，沒關係的。」

靜江起身拖著腳來到父親辦公桌前，遞出申請表，貫太郎一邊蓋章一邊在腦中回想她們倆的對話，心中隱隱作痛。

美代子在盛午餐的味噌湯時，發現自己的雙手微微顫抖著。她從剛才起就想找個地方痛哭一場，卻一直找不到時機，激動的心情仍無法平撫。她小心翼翼地將湯分給大家。

「搞什麼嘛，這個炸素菜不是昨天吃剩的嗎？」周平抱怨起午餐的菜色來。

「午餐沒辦法每道菜都現煮，將就點吧。」

里子特地將最大塊的炸素菜分給吃東西最挑剔的琴。

「我只要吃得太油膩，就會想睡覺……」

「不喜歡就不要吃！有男人吃東西這樣挑三揀四的嗎？」

貫太郎瞪著周平忿忿說道。不知道是不是對上午靜江和美代子的對話耿耿於懷，他一直板著一張臉。

「你自己還不是一樣，要不是嫌太甜，就是嫌太酸。」

「你還是個學生就挑三撿四的，想讀書又讀不出什麼名堂，只會厚著臉皮靠父母養活！」

「靠父母養活有什麼不對嗎？」

「你說什麼！」

「我啊，如果是個孤兒，就會活得像個孤兒，獨立自主。如果生在貧窮家庭，我也會盡心孝順父母，可是誰叫我生在平凡家庭，那我平庸無奇也沒什麼好奇怪的。」

「少給我說那些不知惜福的蠢話！」

「不喜歡吃的東西說不想吃，我有哪裡錯了嗎？」

「你這個王八蛋！」

貫太郎準備出手揍人，被里子擋了下來。

「多桑，用嘴巴講就知道了嘛，你現在動手打他，會影響他今天唸書的情緒。」

「如果揍他一頓會影響到他的腦袋，那我倒是要狠狠敲他幾下。」

「算了啦！」

「啪」一聲，貫太郎一巴掌落在袒護周平的里子臉上。那個巴掌聲，讓美代子哽在喉嚨的那團熱流瞬間湧出，她護著里子，奮不顧身地上前揪住貫太郎。

「你在做什麼啊，老闆！」美代子壓住的那股怨氣，此時如河水決堤般爆發出來。「你老是這樣子，老闆娘明明什麼都沒做，你不分清紅皀白劈頭便打，這樣老闆娘很可憐啊！」

美代子像隻停在大樹上的蟬，緊緊揪住貫太郎，用力晃動。

「噢，又一個伶牙俐齒的傢伙！」

「美代子，不要再說了。」

「我沒事的，美代子。」

家人勸阻的聲音，此刻美代子完全聽不進去。

「老闆，你到底把老闆娘當成什麼？」

「小孩子給我閃一邊去！」

貫太郎出手的力道雖有所節制，美代子還是被推倒在地，但她立刻跳起身來，又衝向貫太郎。

「老闆，你要道歉，你必須鄭重地向老闆娘說對不起！」

「妳看過向老婆道歉的笨蛋嗎？走開！」

「不要！如果你不道歉，我，我就……」美代子喘著大氣，一字一句清楚地說：「我就不吃飯！」

「美代子，妳在說什麼傻話啊？」里子忘了臉上的痛楚，搖著美代子的肩膀說。

「美代子，妳也用不著絕食抗議吧！」周平也大聲勸她。

不過美代子只是瞪著貫太郎，頭一扭便轉身離去。

就連貫太郎也看得目瞪口呆，嘴裡嘀咕著：「哼，你們這些傢伙就只會出一張嘴。」

美代子坐在自己房裡，拿出畢業照來看，但她已經不再落淚了，只是身體仍無法抑制地抖個不停。

這一頓索然無味的午餐總算結束了。

眾人極力不去看空在那裡的美代子的座位，不發一語吃著飯。喝飯後茶時，琴回想起方才那一幕，噗一聲笑出來。

「眞有趣哪，她說『鄭重地向老闆娘說對不起』耶。」

「阿嬤，不要說了！」

琴不顧里子的制止，繼續重複美代子的話：「如果你不道歉，我就不吃飯！」

「美代子簡直帥呆了，我剛才簡直感動得頭皮發麻。」

「周平，你上二樓唸書去。」里子趕著周平上樓，一邊偏著頭說：「不過奇怪了，美代子何必生那麼大的氣呢？」

貫太郎呸地吐掉嘴裡的牙籤，說：「不過是小孩子在鬧脾氣，不用管她！」

伸手拿醬菜的琴也說：「等她肚子餓了就會乖乖吃飯了啦！」

「她現在正是最會吃的年紀哪。」里子才說完，驚見綁著紅頭巾的美代子端著餐盤進來。她眼神銳利地環視在座的人。

「我來收拾碗筷。」

「美代子，妳不是還沒吃嗎？」

美代子一把搶過里子手中的小碟子。

「哎呀，來眞的啊！」琴高聲說。

「美代子，不吃飯會肚子餓哦。」

「我雖然不吃飯，但事情不會偷懶少做的。」

看著美代子不容分說地端著餐盤出去，琴悄聲說：「里子，這孩子該不會是個『赤軍旅』吧？」

美代子下午工作得特別起勁，她將家中的鞋子全擺在走廊邊，逐一擦得晶亮。

「只要有心　處處是工作

這是女人的志氣」

美代子哼唱著不熟悉的勞動歌，賣力地擦著鞋。

「美代子妳的心情我懂，但是啊——」靜江勸著她。

「我覺得這世上有太多不合理的事了，如果沒有人挺身而出，就永遠無法改變現狀。」

美代子都這麼說了，眾人也無計可施。美代子看到里子似乎有話要說，搶先說道：「老闆娘，請派些工作給我，如果不像平常一樣做事，我會過意不去的。」

美代子威脅般地請里子派給她一些跑腿差事。只見她氣勢十足地出門去，差點撞上正好進門的貫太郎。

「她一定會在外面偷偷吃些甜品填肚子吧。」聽到琴這麼說，周平推了推琴，說道：「阿嬤，妳說這什麼話，美代子才不是那種人！」

阿岩師傅正悠閒地享用午茶，看見綁著紅頭巾的美代子氣沖沖地準備出門，叫住她：「不好意思，可以再幫我倒杯茶嗎？」然後笑著稱讚：「妳綁這頭巾還挺好看的。」

「哎呀，討厭……」美代子忙拆下頭巾。

「聽說妳在絕食抗議？」爲公也靠過來關心問道。「我還以爲妳是要跳脫衣舞呢

（註）。」

為公說著模仿起脫衣舞女郎來，阿岩師傅敲了他一記後，背過身去，從腰布裡掏出一個略髒的錢包，將一張千圓鈔塞進美代子口袋，說：「拿去吃碗蓋飯吧。」

美代子先是嚇了一跳，隨即將錢還給阿岩師傅。

「您的好意我心領了。」

她向阿岩師傅行了一個最敬禮，又啪搭啪搭地跑回主屋去。

在客廳的里子看到美代子脫掉涼鞋進來，大吃一驚。

「怎麼了，忘了東西嗎？」

「對不起，東西要麻煩老闆娘自己去買，不然人家會以為我在外面偷吃東西。」

美代子將購物籃和錢放在餐桌上，又說：「在老闆答應我的要求之前，請讓我在家裡工作。」

美代子又開始哼著歌，在廚房裡擦擦洗洗。

「聽吧！全世界的工人們」

儘管距離勞動節還有一個月，她的心境已經宛如在過節了。由於不知道接下去的歌詞，她只好像錄音帶反覆播放似地唱著同一句。

註：日文中「抗議」和「脫衣舞」的縮寫近似，故為公這麼說。

「我要喝水了！」美代子大聲宣言，然後咕嚕咕嚕大口喝水。「書上有記載，光喝水十天還不會死。」

由於喝得太「神勇」，還不小心嗆著了，里子拍拍她的背，說：「美代子，我很高興妳為我擔心，可是什麼都不吃還要工作，很傷身體的，況且要是有什麼萬一，我怎麼對妳父母交代呢。」

「老闆娘，」美代子轉身回頭，扳著一張臉說：「要是我父母還健在，他們不會讓我到別人家裡當傭人。」

美代子說完便小跑步離開，琴不知道是什麼時候進來的，她說：

「里子，妳眞不知人間疾苦啊。」

「都一把年紀了……我眞是沒用。」

「不過這正是妳的優點呀。」

不知為什麼，這麼說的琴顯得很高興。

美代子忍著飢餓幫琴捶背，炸天婦羅的味道從廚房陣陣飄來，美代子緊緊閉上眼睛，儘可能不去聞那股香味。

「眼睛閉起來還是聞得到味道呀。」琴一眼就看穿美代子的心事，又調侃她：「但如果捏住鼻子又沒辦法呼吸，眞是傷腦筋啊。」

美代子壓下心中的氣憤，更加起勁地捶著琴的肩膀。

「妳光長塊頭，畢竟還只是個小孩子吶。」

「是嗎？」

「妳看到貫太郎對里子動粗，便替里子抱不平。」琴壓低聲音說。「可是夫妻又不是外人，在外人面前吵歸吵，轉個身就和好了嘛，我以前也是這樣，只有小孩子才會當眞。」

美代子用力捶了一下，便說：「對不起，已經十五分鐘了，我先下去了。」正要離開，琴又叫住她，問說：「妳是什麼時候到寺內家來的？」

「一月十六日。」

「我是十二月來的，那時快歲末了……」琴像換了個人似的，靜靜訴說。「那天晚上的菜是我最討厭的山芋湯，但又不能說不喝，只能說『很喜歡』，在寒冷的廚房閉著眼睛勉強喝下去……，那時候，我才深刻感受到寄人籬下的無奈。」

「哎，怎麼又提起五十年前的往事了呢。」琴邊說邊瞄了一下美代子的側臉，正準備再開口時，聽到里子大喊：「開飯囉！」

美代子像平常一樣坐上餐桌，手腳俐落地幫忙盛飯、裝湯。眾人鬆了一口氣，想說美代子雖然好強，畢竟還是個孩子，以爲她準備打消絕食的念頭了。

「來吧，美代子，這是妳最喜歡的炸蝦喲。」

「拿掉頭巾，吃飯吧。」

「肚子最老實了，它在說要開動囉。」琴也笑著說。

靜江正想幫美代子倒醬汁，但是她推開盤子說：「請大家不用顧慮我。」

「美代子……」

「我要去整理作坊了。」說完，美代子便站起身來。

「美代子，快吃飯吧。」里子說。

「她不想吃就不要勉強她！」

貫太郎一扯開嗓門教訓人，周平就忍不住回嘴，寺內家慣例的鬥嘴又開始了。美代子留下他們，逕自走出客廳。

晚上石匠們離去的作坊顯得特別寂靜，刻到一半的對獅和墓碑在一片靜默中矗立，一只沒有外罩的燈泡搖來晃去，室內物品的黑影映在泥地上。美代子還是第一次知道，在白天陽光照射下略帶暖意的石頭到了夜晚就變得冰涼涼的。這時，美代子突然發現一個石頭上有個繫著絲帶的包裹，剛拿起來，就察覺身後有人。原來是靜江的男友上條。

「哎呀，是上條先生啊。」

「嗯，這是要給我家小鬼的禮物。」

「啊，是靜江小姐放的嗎？」

「我白天不方便過來時，她偶爾會像這樣……」

「我去叫靜江小姐。」

上條用眼神示意她不需要。他點了菸，說道：「聽說妳在絕食……」

美代子點點頭。幸好天色已經昏暗，不怕對方看到自己表情，說起話來也比較不彆扭。美代子扳著手指頭數著一、二、三……

「不過才經過七個鐘頭啊。」

「那妳肚子一定餓扁了，對不對？」

「嗯。」美代子又點了頭。

上條悠閒地吐著煙圈，又說：「我母親去世時，我難過得不得了，以爲一定食不下嚥，但時間一到，肚子還是餓了。」

「……」

「像人這樣，究竟是可悲還是可笑呢？」

「……」

「堅持自己的想法固然是好事，可是聽話順從……也不是壞事啊。」

靜江就站在上後身後微笑看著這一切。美代子就在兩人溫暖的目光下回到主屋，她從後門躡手躡腳地走進自己房間，又翻開被自己蓋住的畢業照，邊看口中邊輕輕哼唱：

「此時此刻　分道揚鑣各奔東西」

這時拉門突然啪地一聲被推開，是貫太郎來了。

「別做傻事了，弄壞身體怎麼辦！」

貫太郎邊說邊扔了兩、三個甜麵包給美代子。

「老闆……」

貫太郎又啪地一聲關上拉門，走開了。美代子手上拿著麵包，一動也不動地坐著。貫太郎走過客廳時，被家人們叫住了。「這樣下去也不是辦法吧。」看到眾人一副興師問罪的模樣，貫太郎不但沒道歉，反而大聲指著里子罵：「都是妳沒用！」

「這是我的錯嗎？」

「哪有女主人對女傭這麼放任不管的？」

「她說不吃，我有什麼辦法？」

「妳不會把她綁起來，逼她吃嗎？」

「貫太郎，與其要罵人，你何不先道歉再說。」琴插嘴說道。

「我爲什麼要道歉？要道歉的是你們吧？你們才要鄭重地跟我道歉，說對不起讓您生氣了。」

這下就連靜江也看不下去了，說道：「眞虧多桑說得出這番歪理！」

周平氣不過，也說：「我看不下去了！多桑說得一副多了不起的樣子，其實根本就是個懦夫！」

「什麼？你看你用什麼口氣跟父母說話！」

寺內家女眷還來不及阻止，周平就狠狠地挨了一拳，但今晚的他一點也不退怯。

「打呀！如果打我可以讓你消氣，你就儘管打呀！一個孤苦無依的十七歲少女住到人家家裡幫忙，因爲多桑實在太過份，她看不過去才要絕食抗議的！」

「別人的家務事，輪得到她管嗎？」

「她又不是外人，美代子也是家裡的一份子！」

貫太郎聽到這句話，頓時語塞。

「面子又算什麼呢？如果多桑道歉，美代子就願意吃飯的話，好好道個歉又怎麼樣？這又不會有損多桑的威嚴！」

「……」

「姊姊，請叫美代子過來，除非多桑道歉，否則我不會讓開半步的！」

沒想到，美代子早就站在走廊上了。看到事情演變成這般局面，貫太郎像是死心了，他一屁股坐在地上，說：「只要我道歉就沒事了嗎？」

貫太郎端正身子，在里子面前兩手扶地，這時，美代子突然跑了進來。

「請等一下！」她一屁股坐在貫太郎和里子之間，說：「老闆，謝謝您的麵包。」說完，大口大口吃起麵包來，她難過地翻著白眼邊吃邊說：「老闆，不要道歉，我討厭看到您這副模樣，您還是耀武揚威比較像您。」

美代子的眼淚撲簌簌地落下來。

「多桑……這麵包是你買的嗎？」

「老闆，這麵包非常、非常的好吃！」

因爲害臊，貫太郎又板起臉來說：「有肚臍眼的麵包可是很難買到的！」

淚水的鹹澀、麵包餡的甜味，以及櫻花醬的鹹味，調和得恰到好處，美味極了。

寺內一家就這樣守護著眼眶含淚的美代子，看著她大口大口吃著麵包。周平拍了拍貫太郎的肩膀，說：「多桑就是這點討人厭。」

「眞不錯呀！現代的『幫傭』既可絕食抗議，又能去學才藝哩！」

談笑間，琴的口吻已經不再有白天那份酸味了。

里子輕拍哽咽的美代子的背，問說：「決定去上烹飪學校了嗎？」

「我不去了。」

「美代子……」

「還是待在這個家比較快樂啊。」

說著說著美代子被內餡噎住了，積滿淚水的眼睛痛苦得翻起白眼。

牆上的掛鐘敲了十下。

貫太郎卡嚓卡嚓剪著腳趾甲，問正在寫家計簿的里子說：「這孩子幾歲了，十八了嗎？」

「你說美代子嗎？她十七歲了。」

「才十七啊。」

卡嚓、卡嚓……

「妳十七歲的時候……」

「欸？」

「妳十七歲的時候，都在想些什麼？」

「這個嘛。」里子眼睛彷彿越過拉門，注視著遠方。「十七歲的時候，我唸的那間女校校醫是個男醫生，這裡……」里子手撫著胸前說：「這裡正在發育，所以很討厭身體檢查，那時應該是十七沒錯吧。」

貫太郎繼續卡嚓卡嚓剪著腳趾甲。

「還有，那時戰爭剛結束，引進美國的電影，我去看了狄安娜．達賓的《春之序曲》和格里．格斯的什麼片來著？我還是第一次看到吻戲呢，很訥悶他們怎麼鼻子不會撞在一塊……」

「妳還真是傻。」

「哎呀，以前的十七歲誰都是那樣嘛。」

這時走廊傳來了美代子呵呵的竊笑聲，她似乎聽到了夫婦倆的對話。

「哎呀，是美代子。」

「老闆、老闆娘晚安！」

貫太郎對準備離開的美代子大聲吩咐：「喂，明天可要給我好好吃飯！」

「我知道了，晚安！」

美代子將今天收到的畢業照慎重地收在抽屜裡，然後，又大聲道了一聲「晚安」，關上了燈。

玻璃彈珠

靜江正在講電話。

清晨，窗簾還沒拉起，辦公室略微昏暗，空氣中彌漫著貫太郎長年在室內抽菸留下的菸味，桌上擺了株昨天才剛綻放的黃色鬱金香，這一刻花瓣還在沉睡中。

「阿守還小，丟他一個人在家不行啊，出了意外可怎麼辦？就讓我照顧他吧，我家沒問題的，等你下班後來接阿守時，再跟家父打聲招呼就行了。」

窗外傳來一陣沉重的腳步聲。

「那就這樣，等會兒我去接他。」

靜江才掛上電話，貫太郎就走了進來。

「妳在啊。」

「早安，多桑。」

「妳剛在講電話嗎？」

靜江沒回話，走到窗邊拉開窗簾，抽出夾在玻璃門上的報紙。

「爲什麼不把報紙塞進信箱呢？這樣勉強往玻璃門塞，都破了好幾張。」

「喂，靜江！」

「我該去廚房幫忙了。」

靜江把報紙放在父親辦公桌上，拖著行動不便的左腳走了出去，貫太郎心裡的那股煩悶只好轉而發洩在與靜江擦身進屋的里子身上。

「喂！妳知道嗎？靜江背著我們躲在這裡跟男人講電話。」

「什麼男人啊？你就不能稱呼人家上條先生嗎？」里子在神壇上供水，絲毫不爲所動。「多桑，你親耳聽到的嗎？」

「就算沒聽到，看她那樣子也知道，妳這個卡桑是怎麼當的，女兒在跟誰講電話、講些什麼都不知道？」

「我又沒有超能力，那些看不見的責任我才不擔保呢。」

「喂！」

里子小心地從椅子上下來，嘀咕著說：「男女孩子交往，講個電話有什麼好大驚小怪的。」

「妳說這什麼話！」貫太郎太陽穴上立刻青筋暴露。

里子不理會，逕自打開玻璃門，悠閒地伸了個懶腰，說：「哇，天氣眞好。」

貫太郎忿忿地走向作坊，途中被里子叫住。

「你拜過神壇了嗎？」

「啊，差點就忘了。」

貫太郎慢條斯理地轉身回頭，虔誠地拍手膜拜。對於丈夫這種忠厚耿直的個性，里子不禁覺得好笑，但她也確實有事懸在心上。

從靜江上次帶上條回來，都過了三個月，但是貫太郎還是一副假裝沒這回事的態度。就算上條偶爾載運石材到「石貫」來，貫太郎也不搭理人家，餐桌上只要提到「上條先生」和「阿守」的名字，貫太郎便憤然離席。不過，貫太郎似乎暗地雇用了徵信社調查上條。里子不經意間聽丈夫說過，上條的前妻叫幸子，現在在御茶水一家火鍋店上班，一個月和小孩子碰面一次等等。貫太郎雖然也曾不情願地鬆口說，上條似乎不是那種會亂來的人，但說歸說，他反對的態度仍沒有動搖。

靜江遺傳到父親頑固的個性，不像一般二十三歲的女孩子愛撒嬌、愛哭，相反地卻用「沉默」、「忍耐再忍耐」的態度來和貫太郎對抗。家中藏著這兩枚不定時炸彈，里子表面上看來應付得游刃有餘，實際上卻為此消瘦不少，手上的戒指也變鬆了。里子回頭去找靜江，但遲了一步，她已經出門了。

早餐的餐桌上，貫太郎大聲嚷著：「靜江到哪去了？」

「可能去寄明信片了吧。」里子若無其事回應著。

身為人母，里子並非不在意，但要是自己沉不住氣，對正在氣頭上的貫太郎簡直是火上加油，他的脾氣可能就此一發難以收拾。這種情況下，最好就是心情放輕鬆、靜待時機，這是里子日積月累的經驗。

「有早餐前就去寄明信片的笨蛋嗎？喂！去瞧瞧靜江有沒有帶什麼行李出門。」

「她只帶了一個手提包喲。」

「咦，阿嬤妳看到了嗎？」

「是啊，我問她要去哪裡，她只說出去一下。」

「『出去一下』，有這種地方嗎！該不會和野男人私奔了吧，快去她房間看看！」

「私奔？這種說法太老派了吧，又不是在演時代劇。」周平挑釁地說。

里子撿起從貫太郎揮舞的筷子上滑落的裙帶菜，邊向周平使眼色示意他不要再說下去。

「對了，多桑，我一直想和你談一談，靜江又不是小孩子了，總不能阻止她交男朋友呀。不如請上條先生到家裡走動走動，大家熟悉熟悉，這樣也能就近觀察他的人品，這不是很好嗎？」

「吃飯時不要提到那傢伙！」

「吃飯不能說，睡覺前不能說，白天工作時也不能說，還有機會說嗎？」里子不甘示弱地接腔。

「妳說什麼！」

在盛怒的貫太郎面前，里子一派輕鬆地說：「多桑，還有……」

「不許再提到那個傢伙！」

「不是上條先生的事，是下午兩點的事。」

「什麼兩點？」

「七週年忌辰啊，住在大森的……」琴的嘴裡唸唸有詞。

「爲了親戚的法事要我把工作丟著不管，生意乾脆不要做算了！」

「小靜會在吧？」

「靜江要出去收款。」

「里子，那就我們兩個去吧。」

「眞是的……妳們把做生意想得太簡單了！」

貫太郎還嘮叨不停，里子心裡卻鬆了口氣，只要不提靜江和上條的事，任何話題都行。周平吃完飯站起身，吞吞吐吐說道：「卡桑，昨天晚上跟妳提過了，三千八百圓。」

「你說要買什麼來著？」

「同樣的話要我說幾遍啊，是《The History of mankind》啦！」

「嘰哩呱啦說什麼，英文卡桑哪懂，你用日文說一遍。」

「那本來就是英文嘛，受不了！」

「你老是說要買英文參考書，可是好像從來沒看過多出幾本英文書。」

「喂！你該不會是藉口買書，把錢花到別的地方去吧！」

「開什麼玩笑，是我的書被同學借走了，看起來才沒增加嘛。」

美代子這時突然「啊」地叫出聲，喊了聲「糟糕！」就匆匆放下筷子出去。

「要是卡桑不相信，妳可以先把書名寫下來啊。」

「你說這次要買什麼書？」

「剛剛不是才講過嗎！」

「Hys-te-rie・of・ma-kan-sho-ku（『衣物萬國旗』的歇斯底里）。」

會這麼說話的，準是琴沒錯。

「The・His-to-ry・of・man-kind，三千八百圓！」里子吃力地唸著，從圍裙口袋裡掏出錢包。

「對不起，我忘記了。」美代子走進來，把手上的大牛皮紙信封袋交給周平。

「這是吉岡先生昨天傍晚拿來的。」

「牛奶瓶來過嗎？」

周平的同學吉岡總是戴著一副像牛奶瓶底玻璃一樣厚的近視眼鏡，寺內一家人給他取了個綽號叫「牛奶瓶」。

「他說『把這個交給周平，他沒收到就慘了。』我差點就忘了。」

周平忙從美代子手上搶走信封袋，還示意她不要再說下去，但是袋子實在太破舊了，裡頭的書碰巧就在貫太郎面前從袋底掉了出來。

「啊！」周平看起來異常的緊張，刻意用身體遮住書封。

「等一下，我看看！」

「不要啦，這是跟別人借的，不要亂摸啦！」

「拿來！」貫太郎一把搶過周平手上的書。

「The．His-to-ry．Of……，喂！這不是你剛剛說的那本書嗎？」

「啊！這個……」事發倉卒，周平一時間反應不過來。

「你這個王八蛋！」貫太郎揪住周平衣襟說。「你跟卡桑拿錢說要買書，卻跟同學借書來抵帳，是不是這樣？」

而最驚慌失措的人是美代子，她顫聲說道：「對不起，都是我……」

周平乾脆豁出去了，板起臉來說：「大家都這麼做呀，用膝蓋想也知道，要不然我們的咖啡錢從那來呀！」

「周平，你太可惡了！」里子吼著。貫太郎則拳腳齊飛，一腳把周平踹飛到簷廊下。就在這時，傳來了靜江和阿守悠哉的聲音。

「我們回來了！」

「哎呀，是上條家的孩子……」

「他是阿守，今天要寄在我們家。」

靜江邊說明邊幫阿守脫鞋。

「平常上條先生上班時，都把阿守託給隔壁的歐巴桑照顧，可是歐巴桑今天有急事要回小田原的娘家一趟，一時找不到人幫忙照料。來，阿守進來。」

今天的靜江十足一副母親的派頭。

「上條先生原本要把阿守一個人留在家裡，是我堅持把他帶回來的。」

「喂！妳……」見貫太郎又要對里子嚷嚷，靜江不想讓他有機會開口，便朝阿守大聲說：「阿守，快跟大家道早安啊。」

「早安！」

聽到阿守的問安，眾人陷入一陣靜默，過了一會兒才異口同聲回應：「早啊！」

貫太郎無奈地在嘴裡嘀咕著什麼。

「嘿，小不點……」最先開口的是周平。「要是今天放假，我就帶你出去玩，可惜我得上課。」他輕輕敲了敲阿守的頭。「要乖乖聽話喲！」周平邊說眼睛還瞄了貫太郎一眼。「男孩子嘛，其實也用不著太乖，不必客氣，就當這裡是自己家好好玩喲！」

「嗯！」阿守天眞地點點頭。

「喂！妳知道靜江要帶小孩回來嗎？」貫太郎刻意不看阿守的臉，大聲問里子。

「我沒聽說。」

「靜江，妳要帶他回來爲什麼不事先知會一聲？我不喜歡妳這種逼我一步步就範的手段。」

「多桑，不要在小孩子面前……」

「小孩子是無辜的呀……對不對？」琴摸著阿守的頭，注意到阿守的眼睛一直飄向餐桌上的飯菜。「你還沒吃飯是吧？」

於是眾人開始招呼阿守用餐，他端著客人用的大碗，毫不怕生地大口扒飯，靜江在一旁細心照料他，根本不讓別人插手，眾人只好默默注視著這一大一小兩個人。

里子準備換上外出服，卻還是猶豫著。

「阿嬤，我看我還是留在家裡。」

「妳是說寺內家就我一個人去嗎？」

「美代子會跟著，路上要是有什麼事，她可以幫妳。」

美代子正陪著阿守玩西部牛仔的遊戲，阿守嬉戲的笑聲不時傳來。

「多桑的脾氣妳又不是不知道，他要是發脾氣，不好受的是靜江。」

「里子，我們受大森家那麼多照顧，人家做七年忌，寺內家的媳婦沒出席，人情上說不過去呀。」

婆婆都這麼說了，里子只得勉強答應，找來美代子，叮嚀她：「家務妳就先不急著做，好好看顧小孩子，不要讓他磕磕碰碰著了。」

「那傍晚的採買我就拜託靜江小姐去好了。啊，不行！靜江小姐要出去收款。」

「眞是傷腦筋。」

看里子長吁短嘆的，琴接口：「美代子，家務事照做，採買的事一樣麻煩妳擔待一下。」那阿守呢？看里子和美代子欲言又止的，琴呵呵笑著說：「就交給貫太郎照顧，他帶小孩很有一手喲。」

這時阿守從腰際的槍套裡拔出玩具槍，擺出西部牛仔的架勢瞄準三人，大喊「碰！碰！」，里子、琴和美代子只好配合演出，假裝中槍倒在地上。

貫太郎覺得很不爽。

他當然氣靜江不說一聲就擅自把男友的孩子帶回家，也氣家裡發生了這種事還能若無其事去參加法會的里子和琴，偏偏阿岩師傅今天又沒當班，讓他找不到人抱怨。從作坊不時傳來爲公和阿守嬉鬧的聲音。看來是個調皮的小鬼，而且嗓門還不是普通的大。他走進作坊時，看到阿守一臉不高興，因爲嫌爲公中槍倒地的姿勢太差勁了。

「喂，被子彈打中的時候要這樣啦！」說著阿守親身示範起翻著白眼、手撫胸前快斷氣的模樣，這時，他突然看向對面的花店，愣愣地喊了聲：「卡桑……」

一個三十歲左右、身穿素雅和服的女人正在買花。貫太郎的胸口頓時揪了一下，說：「怎麼啦？卡桑不可能到這裡來吧。」剛好這時美代子進來找阿守，貫太郎以難得的溫柔口氣說：「妳帶他到家裡，找些糖果點心給他吃。」接著又坐在石材前揮動著鑿子，藉此讓情緒穩定下來。

阿守一個人坐在客廳吃蛋糕，兩手沾滿奶油，他順手把手上黏糊糊的奶油擦在拉門上，一不小心指頭太用力，竟戳出一個洞來。糟糕了！阿守驚覺自己闖禍，趕緊擱下蛋糕，試圖把破洞補起來。

這時候……

阿守身後伸來一隻胖胖的手指頭，在他戳出的那個洞旁邊「啵」的一聲戳出一個更大的洞來，他轉頭一看，竟然是貫太郎。貫太郎雖然抿著嘴，表情卻不像在生氣。彷彿受到鼓勵一般，阿守又用指頭「啵」的戳出一個洞，貫太郎在那個洞旁又接著戳出一個，一大一小就在拉門上戳起洞來玩得不亦樂乎。靜江在不遠處停下腳步，眼裡閃爍著光芒，默默看著這一幕。

貫太郎今天的表現，也讓爲公和對門的花隈很詫異。他陪阿守一起玩開電車、玻璃彈珠、尫仔標，還教阿守怎麼打陀螺。

「你眞是笨手笨腳！」儘管口中這麼唸叨著，他還是耐心地用自己的胖手靈巧地打起陀螺，仔細講解訣竅給阿守聽。阿守和父親上條一樣話不多，但不怕生，雖還是個孩子，他把貫太郎當成對等的玩伴，表現得很大方。貫太郎不禁開始喜歡起這個小鬼頭。

周平補習班下課回來，客廳裡貫太郎和阿守兩人躺成大字形正在睡午覺，阿守身上蓋著貫太郎那件超大腰布，他看著一大一小相同節奏起伏的肚子，不禁莞爾。這時里子和琴也回到家，正巧瞧見阿守翻個身緊緊抱住貫太郎。

「妳看，我說的沒錯吧，里子。」琴得意地說。貫太郎醒來，驚覺自己被瞧見這尷尬模樣，惱羞成怒地說：「怎麼這麼慢！人也不知道跑哪去，小孩子都丟著不管！」

阿守這時也睜開眼睛，喊著：「姊姊……」

「乖，姊姊馬上就回來了！」里子柔聲對他說，同時發現拉門上的破洞。

「哎呀！這是怎麼回事？這拉門……」

阿守正想道歉，貫太郎卻搶在前頭，大聲說：「是我弄破的，有問題嗎？」說完便一如往常踩著沉重的腳步回作坊去了。

上條七點半才會來接阿守，阿守便留在寺內家吃晚餐，周平抱著他坐在自己膝上。

端著飯菜上桌的靜江開心地看著這一幕。

「小不點很頑皮喔，想不到多桑竟然沒使出這一招。」周平伸出拳頭示意。

「看來多桑並不討厭小孩啊。」

「非但不討厭，而且啊……」琴舔著偷揀菜吃的手指說。「雖然他動不動就生氣，卻很疼小孩子，你們小時候他可是成天抱著，疼愛得不得了哩！」

「姊，看來妳帶小不點回來眞是做對了。」

里子和美代子也陸續就坐。

「老闆怎麼還不來吃飯呢？」

「可能他和阿守睡午覺的樣子被瞧見，不好意思吧。」

「阿守，你去請阿公過來吃飯。」靜江對阿守說

「嗯！」阿守大聲應著起身，腰上還繫著槍套，大搖大擺走路的模樣活像個西部牛仔。大人們看到他那可愛模樣，忍不住都笑了起來。貫太郎獨自待在昏暗的作坊裡，專注地揮著鑿子。阿守跑進了作坊，卻不好意思出聲喚貫太郎，只好在一旁丟著、踢著石子玩。貫太郎發現了，對他說：

「不要拿石頭當玩具，石頭很危險的，受傷了可不好玩。」

「才不會。」

「當然會，你的腳要是不小心受傷了，就不能跟大家一起賽跑了喔。」貫太郎沒察覺靜江已經來到身後，繼續說：「這樣的話，運動會都只能跑最後一名喔，快走開，去別的地方玩。」

貫太郎撣了撣身上的灰塵站起身。阿守因爲和疼愛自己的胖阿公獨處，開心得得意忘形，竟模仿起靜江拖著腳走路的樣子。貫太郎見狀，溫和的表情頓時強硬起來。

「不要這樣。」

然而小孩子一旦興起，輕聲斥責很難起什麼作用，阿守反而更誇張地拖著腳走起路來。

「叫你不要這樣走路，沒聽見嗎！小渾帳！」

靜江衝過去想護住阿守，只不過貫太郎的拳頭還是早了一步。

阿守抽抽嗒嗒地一個人先吃著飯。琴以年長者會有的動作疼惜地摸著他的頭說：「幸好沒敲出什麼腫包和窟窿來。」

「要是受了傷，怎麼對人家上條先生交代。」里子瞪著貫太郎說。

不理會家人的白眼，貫太郎怒斥道：「咱們家又不是托兒所，隨隨便便就把孩子帶來，我們要煎要煮，他都管不著！」貫太郎一下忽然成了眾矢之的，他怒目環視還想表示意見的家人繼續說：「要是擔心孩子挨揍，怎麼就不把他揹在身上，要託人照顧就不要囉哩叭嗦的！」

「多桑，你以為阿守幾歲啊？」里子看不下去，忍不住唸了一句。

「生起氣來，也不分大人小孩，未免太胡來了吧！」周平激動得眼看著就要站起身來。

「小靜會帶阿守回家，也是逼不得已呀，怎麼可以欺負人家呢？」

「害姊姊傷心，你心裡好過嗎？就算不喜歡上條先生，總不能拿小孩子出氣呀！」

「等一下！」靜江忽然出言制止。「我不是傷心才哭的。」

「……」

「我是高興才哭的，你們沒看到多桑是多麼用心地陪阿守玩，這個拉門其實是阿守戳破的，多桑護著他才……」

貫太郎乾咳了幾聲，把臉轉向一旁。

「是阿守不對，他學我一跛一跛走路的姿勢。」靜江平靜地解釋著，撿起阿守掉到地上的蛋屑。

「我還記得……，那年我和小平去參加七五三（註）時，手裡拿著糖果的小平模仿我走路的樣子，當時也被父親狠狠揍了一頓，今天的情況就和當年一樣，多桑……多桑是把阿守當成自己的兒子、孫子，才會那麼生氣！」

「換作他討厭的人，貫太郎才不屑動手呢。」琴也在一旁補充。

這時，阿守放下手中筷子說了聲：「我吃飽了！」

玄關的門鈴叮咚響起。

「對不起，有人在嗎？」一個男人的聲音傳來，阿守眼睛爲之一亮。

「是多桑！」

阿守越過貫太郎的膝蓋，飛奔而出。

上條彎身抱起阿守，靜江在一旁愉快地向他報告說：「阿守做錯事，挨我父親罵，還被修理了。」

「眞是不好意思啊。」里子趕忙道歉。
上條笑著表示不介意。
「還會痛嗎？小不點。」周平問。
「一點都不痛！」阿守的回話聲比周平的問話聲還要響亮。
上條淺淺笑著，用指頭輕戳了一下阿守的頭，然後，他直視著貫太郎，深深一鞠躬說：「寺內先生，謝謝你。」
難得的，貫太郎竟用眼神向他回禮。
「小不點，還要再來玩喔！」
「拜拜！」
貫太郎笨拙地和眾人一起揮著手，這時，走在父親後頭的阿守忽然轉身掏出玩具槍，將槍托抵在腰際，瞄準貫太郎扣擊板機，口中喊著「砰！砰！」兩聲。
「啊，我中槍了！」貫太郎翻著白眼，手撫胸口，假裝中槍。阿守開心地笑著，踏上歸途。眾人默默地看著這一幕，心頭湧上一股暖意。
「多桑……」靜江依在父親的肩頭，抽噎著哭了起來。貫太郎感到難爲情，結果

註：日本風俗，男孩三歲、五歲，女孩三歲、七歲時，於該年的十一月十五日舉行的祝賀儀式。

又用罵人來掩飾。

「妳可不要誤會，我最討厭這種逼人一點一點就範的作法了。我絕不允許妳和他結婚，知道嗎！」

一家人默默目送貫太郎跌跌撞撞地衝進屋內。

里子收起擦拭完的水晶念珠，貫太郎在看晚報，家人們已經紛紛就寢了。

「大森的正次說好久沒見到你，叫你法會時至少要露個面。」

「他還是那麼瘦嗎？」

「哪有，挺著一個大肚子呢。」

「是嗎？」

「可是沒有多桑的大，所有親戚裡面，你可是排名第一呢。」

「……宅間的阿清怎麼樣了？」

「有碰到面，八月底她的第二個孫子就要生了……。以前她不是對你挺有意思的？」

「瞎說什麼，我們可是表兄妹。」

「就是有那種感覺嘛。」

「屁股好像長了東西。」貫太郎突然按著屁股，表情有些奇怪。

「該不會是痔瘡吧？會痛嗎？」

貫太郎含糊地「嗯」了一聲，手伸到屁股下一摸，摸出一顆彈珠來。

「唉呀，是坐到了彈珠啊。」里子說。

貫太郎「嘿咻」一聲又撿起地上的另一顆彈珠。

「阿守……這孩子很可愛吧。」

貫太郎沒回答里子的問話，只是在餐桌上喀噹喀噹玩起那兩顆彈珠。

智齒

漆黑的室內，樂聲格外高亢，聚光燈投射在前舞台上，滿場拍手叫喊此起彼落。

原本坐在舞台前方悠閒瀏覽著賽馬新聞的花限，這時倏地闔上報紙，爲公則是猛地嚥了好大一口口水，觀眾席上不斷響起咻咻的口哨聲。

「小百合的特別演出！我等好久啦！」

這時在高聲吆喝的花限身旁，有個像相撲力士般魁武的男人站了起來。

「我要回去了！」

這人正是貫太郎。

「喂，擋到了啦，快坐下快坐下！」

貫太郎不受奚落聲影響，依然執意離開。

「把我看作什麼了，竟然帶我來看這種下流東西！」

「老闆，不要這麼正經八百好不好。」

「阿貫，你就安靜坐下來看嘛。」

爲公和花限既要安撫貫太郎又捨不得把目光從舞台上的「尤物」移開，毫不得閒。「尤物」開始舞動著讓人血脈賁張的媚舞，畢竟貫太郎也是男人，原本一直低著頭的他也不禁抬起頭。

「放開，我要回去了，放開我……」他像唸經一樣喃喃說著，但是沒過多久也像爲公和花限一樣，入迷地看完了整場「脫衣舞秀」。

貫太郎不在的夜晚，客廳顯得特別安靜。

「嘿，多桑是去船橋嗎？」周平是全家吃煎餅聲音最大的人。

「好像是跟爲公去看奇石的特展。」

「奇石的特展？什麼跟什麼呀。」

「這個嘛……」琴也在吃煎餅，但她牙不好，只能用口水和牙齦把煎餅吮軟再吞下肚，所以不會發出聲音。「就是難得一見，只在特別日子才見得到的石頭啊。」

「聽說是花隈先生的石材店朋友介紹的。」

「可是他們在行前還竊竊私語討論著，到底要去船橋、川口還是鶴見呢。」負責在辦公室接聽電話的靜江提供了這則情報。

里子一邊倒茶，對大家說：「無論如何，我們在這裡悠閒喝茶的時候，多桑正在賣力工作，你們要感恩啊。」

「雖然多桑脾氣壞、動不動就揍人，他工作的確很勤奮。」

「說來說去，男人就是愛耀武揚威嘛。」里子心滿意足地說。

這時，玄關門輕輕地打開了，是貫太郎回家了。平日他總是才踏進庭院就大聲嚷嚷：「喂！我回來了！」今晚卻少了幾分氣勢，面對迎接他的家人也不理不睬，只是小聲問了一句「洗澡水準備好了嗎？」

「準備好了。」

貫太郎脫掉衣服，扔在走廊上，走進浴室。里子拾起地上的衣物，偏著頭問：

「多桑，有看到奇石嗎？」

結果正在沖水的貫太郎掐起一瓢水，朝里子所在方向的玻璃門嘩啦嘩啦潑過去。

「混蛋，有什麼好問的！」

里子被罵得一頭霧水。

第二天一早，貫太郎的右頰腫得像足球那麼大，原來是長了智齒，看起來很痛苦的樣子，連拍手膜拜都痛苦難當，但嘴色還是不饒人。

「光喝粥哪有力氣搬石頭啊！」

替他準備蛋花粥的里子無辜招來一頓斥責。可是嘴巴不能正常張闔，貫太郎也只能認命，只見他歪著一張臉，忍痛喝著稀飯。周平還沒起床，貫太郎也不像平常那樣大呼小叫地說「去把他叫起來！」只是一聲不吭地瞪著空蕩蕩的座位。

「你的臉已經夠腫了，這下更是壯觀。」

里子用眼神制止琴開玩笑，自己也忍著不笑出來。

「『親不知』（註）這字眼取得真怪呀。」靜江的聲音裡也透著笑意。

「才不怪，這是有典故的。」琴張大著牙齒幾乎掉光的嘴，指著臼齒一帶說：

「最後面那顆牙，是所有牙裡最晚長的。」

「的確，智齒都是二十歲以後才長出來的」

「以前的人壽命短，很多人在長智齒的年紀時，父母都已經過世了。」

「所以智齒才叫『親不知』啊。」靜江佩服地說。

一旁的美代子則幽幽地說：「我也是這樣……」

大家聽到父母都離世了的美代子這句話，一時無言。

「美代子，路、路上小心。」因爲牙疼，貫太郎講到一半稍稍喘了口氣，話才說完。

「我出門囉！」

美代子今天休假要去立川，到介紹她到寺內家幫傭的樋口先生的女兒婆家玩。里子仔細對她說明要如何乘車到立川，還準備好禮物讓美代子帶去。美代子前腳剛走，爲公就從簷廊探頭進來問：「老闆，聽說你長了智齒啊？」

「對啊，一起床就這副模樣了。」里子鼓起自己的右頰示意。

「噢，老闆身材這麼體面，看來還純情得很哪。是看到太刺激的東西，血脈賁張

註：智齒的日文表記。

的緣故吧。」

「王八蛋！」貫太郎推開桌上的蛋花粥咆哮著。「給我滾一邊去！噓、噓！」

「哦哦，貫太郎，噓什麼噓呀，我又不是雞。哼！我可是看在武士精神的份上，替你保密，你不要太得意忘形。」

說完，爲公以鼻音輕哼著淫靡的旋律，還用詭異的手勢撩起身上的短外褂。

「你這王八蛋！」貫太郎氣得當下就把爲公一腳踹到庭院去。

「多桑，幹什麼呀！大清早的！」里子出聲喝止貫太郎，忙扶起爲公說：「他牙疼容易激動，你忍著點吧。」

爲公甩開里子的手，趾高氣揚地說：「喂，貫太郎，我會看你的態度來決定要不要說出來喔。」

「快滾回去工作！」貫太郎雖然不甘示弱地頂回去，但氣勢顯然比平日弱很多。

「爲公，你剛才說看到太刺激的東西，是什麼意思啊……」里子懷疑地問。「多桑，你昨天不是去參觀奇石嗎？」

「倒茶！」

「總覺得不對勁。」

靜江和里子母女倆不由得四目相覷。

「據說撒尿時要是尿到蚯蚓身上雞雞就會腫起來，不過這倒和智齒沒關係。」

「哎喲，阿嬤！」

這時美代子走了進來，手上拿著一個牛皮紙袋。

「不好意思，這是周平的限時掛號。」美代子說是在門口碰到了郵差，她交出郵件後又離開了。

「眞難得，小平有掛號信啊。」里子側著頭唸出寄信人：「人類文化研究所。」

「那是什麼？」貫太郎摀著腫脹的臉頰側身探看究竟。

「上面寫著『內有資料』呢。」

「袋子破了呀。」靜江這麼一說，里子趕緊將信封拿好，但裡頭的東西一不小心全掉了出來，只見男女以各種體位交合的春宮照散落一地。里子驚呼了一聲，靜江直喊噁心。琴飛快地撿起一張照片，仔細端詳。

「的確不是相撲比賽的照片呢。」

「王八蛋！周平這傢伙竟然……」貫太郎冷不防從琴手中搶過照片。

貫太郎忘了牙疼，跪在地上收攏散落一地的照片，他只想趕快讓這些東西從靜江視野中消失，收拾後全壓在自己的大屁股下。周平這時才起床，愜意地伸了好大一個懶腰。

「哇，睡得眞爽。」

「周平，過來！」

「啊，多桑的臉怎麼了？」

「沒什麼，坐下來。」

「腫得很嚴重耶，到底怎麼了？」

周平滿臉狐疑坐下，瞧見了餐桌上「人類文化研究所」的牛皮紙袋。

「欸，寄給我的？『人類文化研究所』……什麼東西啊？」

「不要裝蒜！這是怎麼回事？」

貫太郎從屁股下抽出一張照片，「啪」一聲放在餐桌上。

「你看看！」

貫太郎察覺到靜江的視線，又飛快地將照片翻過背面蓋住。

「什麼跟什麼呀？」

「混帳東西，不准看！」

「一下叫我看，一下子又不許我看，到底要我怎麼樣嘛。」

貫太郎迫不得已，只好像打尫仔標一樣把蓋住的照片又翻回正面。

「這是什麼呀？啊，多桑屁股下面還有一堆！」

周平驚叫起來，正要伸手去拿，被貫太郎一把拍開。

「不准碰！竟然幹這等齷齪事，要準備聯考的人看這種東西，還有心思唸書嗎！」

「啊，是這麼一回事啊，這是寄給我的嗎？哈哈，原來如此。」

「不知羞恥！」

「不過眞奇怪，爲什麼會送這種東西給我呢？是在哪裡的名簿查到我的住址嗎？」

「周平，這不是你訂的嗎？」

「當然不是啊！我完全不知情，該不會是我的朋友……」

「混帳東西！」貫太郎話沒說完拳頭已經招呼到周平身上。

「幹嘛，用不著動手吧。都什麼年代了，這種照片有什麼好大驚小怪的。」

「廢話！這我知道。」

「既然知道就不該動手打人嘛！何況這些照片又不是我買的。」

「喂！你是男子漢嗎？」

「當然是！」

「男子漢就要敢做敢當，眞是丟人現眼！做錯了，說聲對不起不就得了，還要推卸責任，我最討厭沒擔當的男人！」

「可是眞的不是我呀，受不了！」

「你這傢伙，還狡辯？」

貫太郎又出手了，這次周平也不甘示弱，父子倆激烈地扭倒在地，下一秒，貫太郎發現琴拿走了照片，正在走廊上慢慢「欣賞」。

「全都是一個樣！」

貫太郎才從琴手上搶過照片，冷不防智齒又劇痛起來，貫太郎按著右頰，痛苦地蹲坐在地。

清早的混戰也總算宣告落幕。

貫太郎很討厭看醫生，尤其是牙醫，自從他幼時曾遭牙醫的器械喀喀喀地在嘴裡肆虐一番過後，就和牙醫結下樑子。因爲這層緣故，就算丈夫痛得滿地打滾，里子還是不敢勸他去看牙醫，一個搞不好還要被迫離婚呢。生性頑固的貫太郎，儘管臉腫得老大，仍舊不肯休息，照常在作坊咚咚作響敲打石頭。他貼塊淺草海苔大小的白色膏藥，上面再敷個小冰袋用三角巾包紮起來，簡直像一隻得了腮腺炎的大河馬。一想到昨晚的事，爲公和花隈就覺得好笑，但又怕一不小心說錯話又要遭殃，只好暗自竊笑。貫太郎則是咬緊牙關繼續工作。敲一下爭口氣，敲兩下顧面子。然而貫太郎手上的鑿子每敲在石頭上一下，牙齒就像又被鑽了一下疼痛不已，頭皮發麻，腋下早已是汗水淋漓了。

里子和琴兩人正在客廳縫補衣物。

「里子，那些相片收到哪去了？」

「多桑說他拿去丟掉，總不會丟到垃圾桶吧？」

「該不會撕碎了丟進馬桶沖掉吧，以前的廁所也就算了，現在的抽水馬桶鐵定會塞住的呀。」

就在兩人猜測相片的下落時，貫太郎走了進來。他替自己按摩著緊繃的肩膀，倒頭躺下。嘴硬的貫太郎向來不肯在人前喊疼，無奈辦公室有靜江，作坊有爲公，他連想喊痛都沒地方。琴關心地建議他去看牙醫，卻被貫太郎一把推開。他隨意翻開一旁的雜誌蓋在臉上，突然又坐起身來。

「喂！是誰把這種淫穢的東西放在客廳的！」貫太郎的手顫抖著拿起雜誌激動地說。

「哎呀……」

「眞是的，貫太郎，這年頭哪本雜誌不登點這個嘛。」

「反了，反了，這是什麼世界啊！」

貫太郎一把摔掉雜誌，來到庭院，這時，晾在外頭還滴著水的衣服連同塑膠繩結結實實地掉到他頭上。

「哇！」

「風太大了。」

「怎麼不夾好！」貫太郎甩掉衣物後，像是看到了什麼目瞪口呆的，原來是他發現自己的特大號內褲旁晾著一套花樣可愛的棉質內衣，緊鄰著的是周平騷包的條紋內褲。

「這是誰的？」

「是美代子的……討厭，這不是男人該看的東西。」

「太不像樣了！怎麼把女人家的貼身衣物和男人的內衣褲晾在一起，不害臊嗎！」

面對貫太郎簡直是故意找碴的態度，一時間里子也不知如何是好。

「給我注意點，規規矩矩晾衣服，妳不知道以前男女衣物還分開洗嗎？」

要是就此打住也就沒事了，偏偏琴在一旁冷嘲熱諷：「貫太郎，難不成你以爲男人女人的襯褲放一起洗就會生出小孩嗎？」

「一點都不害臊！都是妳們，怪不得小孩子有樣學樣，以後給我注意點！」他將衣服丟還給里子，忿忿地走了出去。

來到走廊時，一陣奇怪的呻吟把里子嚇了一跳，那聲音從廁所傳來，想必是貫太郎蹲在裡面發出來的。

「多桑，還是去給牙醫看看吧。」

「閉嘴！」

「碰」的一聲廁所的門打開，貫太郎二話不說便狠狠賞了里子一拳。

貫太郎正要踏進辦公室，一時猶豫裹足不前，因爲上條就在裡面。靜江正柔聲問他：「阿守的蛀牙還好吧？」

「我每天都叮嚀他，可是他就是不刷牙。」

「小時候不養成習慣不行，你可以陪他一起刷呀。」

「說的也是。」

「上條先生，你的牙齒好不好？」

「其實我有三顆蛀牙。」

「你怕看牙醫嗎？」

上條沒作聲地笑了笑，平日憂鬱的眼神像是換了個人似的溫柔許多。

「和多桑一樣呢……」

說完，靜江從喉頭發出咯咯笑聲。貫太郎還是第一次聽到女兒這麼笑。

里子在客廳邊縫衣服邊看電視，沒料到貫太郎會折回客廳，那時她正啃著煎餅咯吱作響，不禁心頭一驚。果然，貫太郎冷不防地將電視關掉，怒斥：「我牙都痛死了，妳還在我面前吃得那麼響亮！」

「可是再不吃就軟掉了啊。」里子小聲地替自己抱屈，向貫太郎道歉後，放下煎餅。而貫太郎就像被關在籠裡的熊一樣，在窄小的客廳裡來回踱步。

「妳剩一半幹嘛？」

「可是……」

「快吃掉！」

這種時候誰拂逆了他，準沒好下場。

「我要吃了哦。」里子只好乖乖聽命，讓煎餅在口中慢慢軟化，儘量不作聲地吃著。

「幹嘛吃這麼慢！」

貫太郎明明痛得要死又彆扭地不肯喊痛，此刻沒一件事他看得順眼的，事事找碴。

「喂！靜江還在跟那個男的交往嗎？」

「你就不能稱呼人家上條先生嗎？那個男的那個男的叫，多難聽啊。」

「我最討厭戴太陽眼鏡的男人！」

「人家是因爲視力不好。」

「我看是志氣不好吧！而且講話不清不楚的，這算什麼，連日本話都講不好！」

貫太郎按著臉頰大聲叱責。「那傢伙眞的是日本人嗎？」

「難不成是美國人？」里子輕鬆帶過話題，又小聲地問：「多桑，牙齒還疼嗎？」

「閃開！」說完，貫太郎又轉身離開客廳。

商店街上的柏青哥店在白天也相當熱鬧，吵雜的流行歌曲和沙沙的鋼珠聲，簡直要把店面掀翻了。在夾雜酒店少爺、業務員、學生等形形色色的客人當中，有個看來格格不入的客人——身穿褲裙，披著「石貫」短外褂的胖男人。正是我們的貫太郎。他緊靠著機台，口中不斷呻吟著：「啊，好痛，噢，好痛、好痛，痛死我了！」

他的機台不斷得分，紅燈閃個不停，鋼珠嘩啦啦傾瀉而出，沒多久裝了滿滿一盒。然而對貫太郎而言，輸贏根本不重要，只要這片喧鬧聲能提供掩護，讓他能盡情喊疼發洩就好。

「王八蛋！噢噢！好痛啊！痛死了！好痛啊！」貫太郎一邊咆哮一邊玩著柏青哥。

最後，貫太郎只是一味地嘶吼著。盡情發洩後，心情好點的他回家去了，但進了客廳，發現花隈也在，而且他竟然還裸露著上半身。琴檢查著花隈的襯衫，里子則幫他擦藥。

「你們在幹嘛！」

「多桑，你回來啦。」

「喲，阿貫。」

「究竟怎麼回事？跑到別人家裡，還在別人的女人面前衣衫不整的！」

貫太郎的指控讓花隈聽傻了眼，趕緊說明是因為背部刺痛，懷疑可能有蟲，來請琴和里子幫忙抓蟲。

「我們又不是剛認識，何必爲了這點小事生氣呢。阿貫，難道你是嫉妒我濃密的胸毛嗎？」

令貫太郎難爲情的是，他的胸前確實光溜溜的，一根胸毛也無。

「王八蛋，快給我滾！」

不理會里子的制止，貫太郎拿起花隈的襯衫，扔給他。

花隈自覺無趣，說了：「不用你趕，我也會回去。阿貫，記得我的話剛到喉嚨這裡哦。」

「什麼？」

「昨晚的事啊，我話都到了喉邊卻沒說出口喲，你可不要忘了！」

里子注意到，忙問：「哎呀，怎麼和爲公說一樣的話，昨晚到底發生什麼事啊？」

貫太郎慌了手腳，趕著花隈離開，花隈臨出門前還對琴說：「琴阿嬤，有趣的照片，記得明天給我看喲！」

貫太郎大聲斥退花隈，把琴趁機偷偷收在神壇上的「人類文化研究所」的照片搶回來。

「喂！拿汽油桶來！我要把這些燒掉。」如果不做點什麼分心，牙實在疼得受不了。「喂！沒汽油嗎？拿汽油來！」貫太郎把臉頰上滑落的冰袋扶正，將照片撕得粉碎，點起火來，桶裡瞬時冒起陣陣白煙。

「寺內爸爸，你在燒什麼呀。」忽然傳來年輕女孩的聲音。原來是周平的女朋友眞弓來了。她瞧見回頭的貫太郎那張腫脹的臉，忍不住笑了出來。

「要我幫忙嗎？」

看到眞弓要幫忙，貫太郎一臉狼狽，慌張地說：「啊，不用了，女孩子不要看，妳到一旁去吧。」他顧著說話，沒留心手已伸到火裡，被燙得哇哇大叫。

里子手忙腳亂地幫貫太郎包紮燙傷之際，周平帶著兩個朋友回家，他得意地大聲喊著：「我抓到元凶了！早上那些照片是他們訂的，他們不敢寄回自己家就寄給我，分明是給我難堪嘛，眞過份！」周平的兩個損友併肩站在走廊，頭垂得老低說：「眞對不起……」

「算了啦，就算是損友，還是會請你們喝杯茶的。多桑，這下總算還我清白了吧。咦，怎麼回事，你燙著了嗎？」

「混帳東西！」貫太郎才剛壓下的怒火又爆發了，「啪」地一巴掌落到周平臉上。

「沒出息！你這年紀對那些照片有興趣也是沒辦法的事，我年輕時也幹過這種事，可是幹嘛還要把朋友拖下水！」

「因爲，眞的不是我的呀！」

「被人家誤會，和把朋友拖下水來證明自己的清白，哪種比較像男子漢的作風？你自己說說。」

「多桑……」

「比起害朋友丟臉出醜的傢伙，我更欣賞看春宮照的男人，懂嗎？」

周平被貫太郎狠狠踹了一腳，踉蹌跌進兩個朋友間。

「眞是了不起的老爸！」

「帥呆了！」

他的兩個朋友莫不看得目瞪口呆。

晚餐的餐桌上父子倆已經前嫌盡釋。貫太郎用小湯匙喝著稀飯，正在大放厥詞。

「唉，我從昨晚就氣得不得了。其實全日本，哪個男人女人不好色。」

「多桑，講話不是會痛嗎？」里子一臉擔心地看著丈夫腫脹未消的臉頰。

「不過以前的日本人比較謹言愼行，就算是談『性交』這件事也一樣。」

「還『性交』哩。』周平忍不住笑了出來。「這種說法未免太下流了吧。」

「有什麼好下流的！」

「太露骨了吧，你就不會說『做愛』嗎？」

「等等！你是說用日話講就下流，用外國話說就時髦嗎？講『便所』就覺得臭，說『化妝室』就不失禮，是這樣嗎？」

寺內家女眷一個個眉頭緊皺。

「吃飯時幹嘛講這個。」

「啊啊，好像聞到臭味了。」

「有哪個國家像日本，講到『便所』還要用外國話來說，不是我要說，現在的日本人啊——」

「哎喲，現在的日本人怎麼啦？」爲公從走廊探頭進來，嗤嗤笑著問。「小平，你們在幹什麼呀？」

「正在說有個品行端正的父親，家中成員都很辛苦啊。」

「品行端正，誰品行端正？」

「爲公，你給我滾！」

看見貫太郎驚慌失措的樣子，爲公又得意忘形起來，想逗弄他一番。

「嘿，要不要我告訴你們貫太郎昨晚幹了什麼好事呀。」

爲公開始哼起曖昧的旋律，配合著誰都能意會過來的煽情手勢，褪去身上的短外褂，臨去前還裝著女聲拋下一句：「貫太郎，愛你喔！」

「脫衣舞秀！」琴、里子和靜江齊聲喊了出來。

「多桑，你去看了脫衣舞嗎？」里子逼問。

「嗯……」貫太郎轉身，背對眾人坐著。

周平突然笑了出來，說道：「做父親的眞好，自己做的事不說，還可以板起臉孔教訓小孩，我也眞想早一點當父親哩。」

看到兒子奚落著丈夫，準備離開，里子開口叫住他。

「周平，等一下。」

「什麼事？卡桑。」

「過來，坐這裡。」周平坐定後里子接著說：「多桑昨天確實去看了脫衣舞秀，不過如果你以爲這樣就算抓住了多桑的把柄，那可就大錯特錯了。」里子同時也是在說給琴和靜江聽。「不管怎樣，卡桑覺得多桑並沒有錯。他生性憨直，這把年紀了連『接吻』兩個字都不好意思說，五十好幾了才總算去看了一場脫衣舞，智齒還因爲這樣腫了起來。卡桑喜歡這樣的多桑。」

貫太郎的背影一動也不動。

「在我們那個年代，沒有那種電視節目和雜誌，多桑和我又比較晚熟……，我是多桑的第一個女人，多桑也是我的第一個男人……」

貫太郎的背影微微聳了一下。

里子害羞地欲言又止，像個清純少女般激動地說：「所以呀，我們的新婚之夜簡直是手忙腳亂……」

靜江此時已是眼淚直流。琴的聲音也哽咽了，故意開玩笑說：

「噢，那不就像是康康和蘭蘭（註）嗎？」

「混蛋，說這什麼話……」貫太郎又惱羞成怒起來。

里子直直望著丈夫的龐然背影，又說：「可是，身爲女人，卡桑覺得很幸福，像我這麼幸福的女人，全日本再也找不著第二個了吧。」

「卡桑，眞敢說呢。」笑著這麼說的周平眼眶也紅了。

「就算你們覺得多桑的觀念過時了，好人就是好人啊。」里子斬釘截鐵地做了總結。「還有問題嗎？」

「沒有。」周平和靜江頭垂得低低的。

「我回來囉！」

這時，渾然不知這一天騷動的美代子，精神抖擻的回到家了。

「脫衣舞眞的是脫得一絲不掛嗎？」縫著衣服的里子問道。因爲牙疼，貫太郎今

註：一九七二年時，中日復交，中國政府贈送了一對熊貓給日本政府，以示善意。當時在日本掀起熊貓熱潮，而那對熊貓就叫「康康」和「蘭蘭」。

晚沒喝酒，他啜著溫熱的綠茶，皺著眉頭說：「穿著棉袍跳，還叫脫衣舞嗎？」

「……有女觀眾嗎？」

「混蛋！那又不是女人看的東西！」

里子用犬齒咬斷黑色棉線，噘著嘴說：「多桑，我可是很生氣哦。」

「妳不是說沒生氣嗎？」

「那是在孩子面前不得已才說的，你竟然騙我說是去看奇石……」

「星期天我帶妳上街買件浴衣吧。」

「好遜的巴結呀……」

里子笑著偷偷打量丈夫的臉。貫太郎腫脹的臉頰似乎已經消了大半。

惡作劇

庭院大門邊，種有一株杜鵑花。

據琴阿嬤回憶說，那株杜鵑是第二代貫太郎種下的品種「霧島」。為公最喜歡春末時節開的紅色杜鵑了。石材店是一個倒霉的行業，夏熱冬冷，冷暖氣全派不上用場，一年到頭都得飽受日曬雨淋。所以，一進入涼爽宜人的四月天，孤家寡人的為公心情總是特別好。

為公要把早茶的茶壺送回廚房，走進庭院時順手摘了一朵杜鵑花，吸著花蜜。杜鵑花還真是奇怪，含苞時總是直挺挺的，花一開便打橫。為什麼會這樣呢？乾脆去請教老人家吧。

「琴阿嬤在嗎？」

沒人回應。突然，一個拳頭「噗」一聲地從紙門紙內側破門而出，緊接著手指也探了出來，門上的洞越破越大。這番景象把為公嚇得一愣一愣的。下一秒，從拉門後傳來美代子的笑聲，而一旁的門紙也刷刷數聲被一片片撕開，女主人里子探出臉來。

「這是怎麼回事啊？」

不僅門紙撕掉了，連室內的榻榻米也逐一被翻開、壁櫥門大開，抽屜也都沒關上。

「一次全部換新，還真是工程浩大，也不知幾年沒有通風透氣了，房裡壁櫥裡溼氣都很重。」里子精神抖擻，重新綁好頭巾。

「沒想到琴阿嬤居然會同意。」

「不管她同不同意都得整頓呀。」

他們說話的同時，榻榻米店的年輕夥計身手俐落地把舊榻榻米搬出去。

「小哥，請務必在明天傍晚前送過來喲。」里子不放心，又叮囑了一次。「雖然說老人家後天才會回來，不怕一萬只怕萬一，還是麻煩在明天傍晚前鋪好。麻煩了。」

爲公總算弄清楚是怎麼回事了。

「對了，阿嬤今天出發去熱海了啊。」

「你還眞健忘，我們不是今早才歡送她出門的嗎？」美代子開心地撕著門紙，逗弄爲公。

由對門的花隈先生帶隊，領著附近的一干阿公阿嬤到熱海旅行三天兩夜，琴也報名了，她說死前至少要去一趟貫一和阿宮（註）的海邊走走。今天一早琴就在眾人的歡送下出門去了。

「原來是這麼回事啊。貓一不在家，老鼠就上房揭瓦，你們想趁機把阿嬤房間清

註：尾崎紅葉的小說《金色夜叉》的男女主角。小說中因為阿宮負心，男主角貫一憤而一腳踹在阿宮身上。熱海海邊立有重現該幕場景的銅像，是著名的觀光景點。

理乾淨嗎？」

「原本只打算趁她出門時，把她的被子曬一曬，沒想到壁櫥門一打開，那股霉味，眞嗆。」

據說這是貫太郎的主意，他命令家人把東西都搬出來，連榻榻米都要換掉。要在琴不在家時登堂入室翻得天翻地覆，里子起初有點猶豫，還是貫太郎一句「再不處裡連地板下的橫木都要爛掉了。」說完帶頭把東西往外搬。

「可是，阿嬤回到家看到這光景的話，眞教人擔心哪……」爲公也了解琴的脾氣，擔心地說。

「沒問題啦，多桑說他會負責的。況且榻榻米全換新，門紙也重新裱糊過，阿嬤應該不至於生氣。」

婆婆不在，里子心情特別輕鬆，口中還哼著小曲。片刻間，所有拉門就都被拆得只剩骨架了。

當天晚上飯廳裡，牛肉香味逼人。

「牛肉還是用煎的好吃哪！」周平感動地說。

「就是要煎成牛排或是這樣料理才好吃！」貫太郎也是大口吃著肉。

「阿嬤要是在家，就不能這麼煎了。」靜江把油加進鍋裡，也附和著。「阿嬤比較喜歡吃壽喜燒嘛。」

「老是加了一堆糖，還在一旁唸叨什麼『燒焦了啦！要吃蒟蒻絲，不能只吃肉！』，搞得人家食慾盡失。」周平說。

「那是阿嬤的樂趣嘛。美代子，妳儘管吃，不用客氣。」

「好，我要開動囉！」

這時，眾人忽然同時靜默下來，煎牛肉的滋滋聲顯得格外響亮。

「總覺得怪怪的。」

「不過是少了一個人。」

「平常我總要留心隨時會飛過來的飯粒，吃個飯都得戰戰兢兢，可是今天好像沒什麼勁。」

「沒說上一句『阿嬤，妳好髒！』就不對勁，對嗎？」靜江擦掉周平滴落的肉汁。

「說的也是。」

「喂，光顧著說話，肉都快焦了！」大聲斥喝的貫太郎這時一不小心嗆著了。周平趕緊護住飯碗退避一旁，眾女眷也齊聲抱怨：「多桑好髒啊！」

大概是愛抱怨的琴不在的緣故，今天這頓飯氣氛顯得特別輕鬆。

「多桑，你在阿嬤心裡應該加分不少喲。」周平霸著兩人份的位子，坐得舒服，話也比平常多。「畢竟兒子孝敬零用錢，讓自己去參加溫泉之旅，阿嬤心裡一定很高興。」

「當然不會不高興，而且錢才不是問題，阿嬤自己也有錢，不管是要去熱海還是湯河原都不成問題。她只是喜歡讓大夥兒一起送她出遊罷了。」

「說得是。阿嬤也說，卡桑常給她買新布襪和零用錢，有個好媳婦可眞幸福。」

「偶爾也得孝敬一下老人家才行啊。多桑，湯灑出來了……」里子今天照料貫太郎的動作顯得格外慇勤。

這時，電話鈴響起。

「一定是阿嬤，給我、給我！」

周平嘴裡塞滿吃食講話含糊不清，一把搶過美代子手中的話筒。

「阿嬤，怎麼樣，熱海好玩嗎？電話聲音眞小啊，喂、喂，阿嬤，我跟妳說，可不要走錯澡堂，闖進男湯去喔，雖然妳都七十好幾了，總歸是女人嘛，很丟臉的，還有……」話說到一半，周平忽然臉色倏變。「咦，不是阿嬤嗎？喂，什麼太太……欸？啊，柴山……」

「柴山太太嗎？找我的啦！」里子搶過電話筒。「抱歉抱歉，那是小犬啦，眞是的，遺傳到他多桑的猴急個性。」

貫太郎板起臉來敲了周平頭一計，像在指責他「搞什麼！」

「我家阿嬤到熱海去了，他以爲是阿嬤打電話回來了，眞不好意思。咦？明天的事，不用了啦，別擔心，妳什麼都不用帶，人來就好。我說眞的，我們可以叫外賣，大家輕鬆聊一聊就好。」里子彷彿一下子年輕了十歲，開心地講著電話。「竹內和水澤也會過來，千萬不要帶禮物來喲，那就十一點見了，等妳哦。」里子掛上電話後，心情還是很好，她呵呵笑著說：「小平，接電話後要先確認對方的身分才講話。」

「卡桑的朋友要來嗎？」

「平常都是我去叨擾人家，怪不好意思的。再說，你不久也要開始找工作了，卡桑總要走動得勤快些，建立些人脈才行。」

「囉嗦的阿嬤不在，卡桑正好輕鬆一下。」

「話不是這麼說。」

里子明天會跟三個高中好友聚聚。靜江特地叮嚀貫太郎說：

「明天卡桑的客人來的時候，可不行像平常那樣『喂喂』的大呼小叫使喚卡桑喔！」

「就算叫我，我也不去。我一個大男人才不想窩在女人堆裡。」

「哎喲，多桑總要來打聲招呼呀！」里子抱怨。

「我也要嗎？」

「當然囉，男主人不搭理客人，人家還以爲不受歡迎呢。」

眾人取笑一陣愁眉苦臉的貫太郎過後，話題轉而猜想此刻琴在做什麼。

「應該正泡完溫泉，穿著旅館的浴衣吧。」

「該不會正在那個吧？」美代子做出彈奏琵琶的模樣。

「去溫泉還帶著琵琶的，大概只有我家阿嬤吧。」

「也眞難為了她的聽眾。」貫太郎傻眼地說。

「阿嬤早上出門前，吞了三個生雞蛋呢！」美代子向貫太郎報告。

「三個嗎?!那她現在一定正彈得起勁哩。」

周平翻著白眼，模仿起琴彈唱時忘我的表情，曲目是她的拿手歌曲〈城山〉。

「明治十年的……」

「啊，是阿嬤！」美代子突然指著庭院，驚叫出聲。

同時回過頭去的家人們簡直不敢相信自己的眼睛：琴正扛著一大堆行李，揹著琵琶，一臉憔悴地站在走廊上。

「阿嬤！發生了什麼事？」

「難道是身體不舒服嗎？」

「怎麼這麼快就回來了！」

「是不是跟人家吵架了？」

「有什麼事打電話回來說一聲就好了嘛！」

眾人七嘴八舌地圍著琴問。

「眞是的，我只有一張嘴，不要一口氣問那麼多嘛。」琴噗咚一聲坐在門檻上，像是很美味似的喝完一大杯水後，才娓娓道來。

「才到目的地沒多久我就迷路了。溫泉是很棒啦，問題就出在回房的路上。去泡溫泉時有人帶路，可是要回房時就搞不清楚東南西北，一下彎那邊，一下子拐這邊，樓梯又是上上下下，搞得我暈頭轉向的。」

「難道妳不知道房號或房名嗎？」

「是啊，我好不容易才想起來房名應該是秋天的七草（註），誰知我一踏進房門，哎呀，你們猜我瞧見什麼？大白天裡一對新婚夫妻已經等不及卿卿我我起來了，妳吻我我吻你的。」她邊說邊舉起手背貼著嘴唇表演起來。「眞是不害臊！我請他們回自己房間去親熱，那對小夫妻還硬說那是他們的房間。」

「根本是阿嬤自己跑錯房間嘛！」

「搞什麼呀！」

「原來那間是『桔梗房』，我們住的是『蘆荻房』。」

註：代表秋天的七種花草：狗尾草、蘆荻、蔓草、瞿麥、敗醬草、蘭草、桔梗。

「雖然都是秋天的七草，也差太多了吧！」

「當下我就覺得那地方不對，有不好的預感。」

「根本是走錯房間的妳不對吧！」

眾人聽得目瞪口呆，琴則愈說愈起勁：「另一個重頭戲就是晚餐的菜，我決定當敢死隊，偷偷去偵查……」

「妳去偷看了嗎？」

「算是開了眼界，一百塊榻榻米大的宴會廳裡，天還沒黑就擺滿了餐盤、餐具，而且啊，服務生背上揹個方桶子，就是那個……潛水時拿來輸氧的那個什麼來著……」

「是氧氣桶嗎？」

「對對，就是氧氣桶。服務生手裡抓著一根連在氧氣桶的塑膠管，邊走邊把湯從桶子裡『滋滋』灌到湯碗裡，後面跟著一個女服務生幫忙把湯碗蓋上，看到這一幕實在令人倒胃口。」

里子也是頭一回聽到這種事。

「這一來到開宴時不都冷掉了嗎？」

「不光是湯而已，盤子上的鹽烤鯛魚小得可憐，也不知是什麼時候就烤起來放的，都黑了，我撕一小塊嚐嚐新不新鮮。」

「阿嬤，妳竟然偷吃別人宴會上的菜！」

「嚐嚐味道而已嘛！那個罵人的餐廳經理心眼有點壞，那地方一點人情味都沒有，我一個晚上都不想待，萬一發生火災，肯定不會救我們這些老人家的，一想到這我就趕緊打包行李回來。」琴邊說邊盯著桌上的飯菜。「哎呀，煎牛肉？竟然趁我不在吃這麼好。」

「阿嬤，妳還沒吃飯嗎？」

「有我的份嗎？沒有的話就直說，我到外面吃個喬麥麵就好。」

「美代子，去拿阿嬤的碗筷來。」

「是，阿嬤的碗筷在……」

「算啦，不用找了，才半天不在，連我的碗筷都不知放哪了。」琴沒好氣地瞪著動作慢的美代子。

「阿嬤，我來幫妳做成紅燒的吧？」里子招呼。

琴沒有回答，嘿咻一聲起身，說：「我先去換件衣服。」三步併兩步急忙回房去了。

里子想到什麼「啊」了一聲叫出來，靜江和美代子也同時想到了。

「不妙！」

「老闆娘，怎麼辦啊……」

琴瞠目結舌地呆立在自己房前。

房裡只能用「慘不忍睹」來形容，榻榻米沒了，拉門只剩下骨架，壁櫥大開，抽屜都拉出一半，連燈泡都孤零零的沒有燈罩。里子衝了過來。

「里子，妳……妳……全都搜遍了嗎？」

「阿嬤，妳聽我解釋……」

「犯不著趁我不在，這樣大肆搜索吧。」

「不是這樣的，我是看榻榻米和壁櫥都已經受了潮、發霉了，想說對阿嬤身體不好，才拆開讓房間透透氣。」

「是我做的決定！」貫太郎也走了過來。「有什麼不滿就衝著我來。」

「哎喲，護著老婆啦，只會出一張嘴！」

「想說妳後天才會回家所以才……」

里子要幫忙整理行李，卻被琴一手推開。

「對了里子，妳今天的妝可真濃啊。」

事到如今，說什麼都沒用了。不管怎麼勸，琴都拒絕到別的房間睡，她從客廳搬來兩塊榻榻米，連晚飯也沒吃，躺在只剩骨架的拉門遮掩的空蕩房裡。不過半夜倒是爬起來吃了兩碗泡麵。

隔天，里子一早就留心著琴的舉動，並告誡周平，不要像平常說什麼「好髒哦，眞是的！」這些話，原本里子要打電話給高中同學，取消下午的聚會，無奈屋漏偏逢連夜雨，早餐才吃到一半，同學就打電話來，是琴接的電話。

對方誤認是里子接的，連珠砲似地說：「我總算把我婆婆趕出去了，這下子我們可以盡情地說婆婆壞話，玩到傍晚都沒關係。」

在廚房忙的里子一接到美代子的通知，趕忙跑進客廳，簡直像搶的一般抓過電話說：「眞不好意思，改天……」話還沒講完，琴又奪回話筒，口氣親熱地說「歡迎來玩哦！」

里子想搶過話筒，琴卻死命不放，只好對著話筒喊著「眞是不好意思」隨即掛上電話。

「里子呀，妳也眞見外，朋友要來家裡玩，說一聲不就得了。」不等里子解釋，琴說完揮揮手，「嘿喲」一聲走出客廳。

「大清早就在吵什麼啊！」貫太郎又開罵了，說完遞出飯碗。

「可是卡桑也沒必要取消聚會吧？」靜江一邊說一邊替父親盛飯。

「因爲……這樣對方會有所顧忌，來也不是……」

「阿嬷不是都說可以了嗎？」

里子剛嘆了口氣，又驚呼一聲，原來琴已經換了衣服、提著旅行箱、背著琵琶站在走廊。

「喂，我要出門了。」

「出門？妳要去哪裡？」

「我在家礙手礙腳，不如再回熱海去呀。」

「阿嬤，妳在說什麼啊！」里子擋在琴前面。「我會取消今天的聚會的。」

「不要再假惺惺了，我不在不是最好。」

聽到琴和里子的爭執，靜江和美代子也趕了過來。

「阿嬤，好了啦。」

「阿嬤這麼做，豈不是讓老闆娘難堪？」

「請不要阻止我。」

「阿嬤，別鬧了啦！」

趨前勸阻的周平被琵琶敲了一記。里子則尖叫著，死命抱住琴。

「多桑，現在不是吃飯的時候，趕快來幫忙啊！」

「里子，好痛！」

一直默默吃著飯的貫太郎這時總算放下筷子起身，他冷不防地一把推開里子和琴，婆媳兩人倒地摔在一塊兒。

「兩個都給我差不多一點，女人家這樣成何體統！」

「可是，多桑……」

「貫太郎，你，你竟敢打你老母……」

「聽好了，有客人要上門就得好好招待人家，不可以冷嘲熱諷，誰要是太放肆，管他是不是親娘，我都不會放過！」說完，他又放低身段，再次叮囑琴說：「……沒問題吧？」

琴呵呵笑了起來。

「哎呀，我不過是開玩笑，里子怎麼就當眞了。」

爲公像隻蜘蛛半趴在簷廊下方窺看著客廳裡的動靜。里子的三個同學都已經到了，四個人正呱噪地聊著天。

「簡直就像小女生嘛……」爲公看得目瞪口呆。「不過聽聲音還是老闆娘最可愛。」

爲公探頭看，這三個客人一個穿洋裝，兩個穿和服，想看看長相如何，卻被貫太郎的大屁股擋住視線，什麼都看不到。

「感謝各位平常照顧內人，」貫太郎正襟危坐跪在走廊上，一臉嚴肅地跟女客們寒喧，三個女客不約而同的像喉嚨裡噎住蛋糕一樣發出「啊」的一聲，像在觀賞熊貓一般打量著貫太郎。

「眞是聞名不如見面，寺內先生體格眞魁武……」

「眞的呢。我家那口子前年得了胃潰瘍，現在只剩下四十七公斤了。」

「我家那口子瘦得簡直像隻蟋蟀一樣。」

「哎，這種天氣胖子熱得難受呀。」貫太郎蜷著身子說。

「這種體格女人比較有安全感啊。」

「才沒有，做件浴衣一反（註）布都不夠用。還得幫他洗背，可是很累人的。」

「哇，寺內太太還幫丈夫洗背啊？」

「那是因爲他的手搆不到背啦。」

「眞幸福哦！」

「感謝你的盛情款待。」

「不成敬意，請慢用。」

頻頻拭汗的貫太郎說完，起身告辭，在一旁瞧著笑到腹痛的爲公趕忙飛也似地溜走。百來公斤的體格，只要跪坐上一會兒腿就又痠又痲，貫太郎背著女客們猛搓已經快沒知覺的雙腿。

美代子這時經過，貫太郎用下巴指了指琴的房間，悄聲道：「她在幹嘛？」

「阿嬤嗎？正在換衣服，說是等會兒要出來見客。」

「哼！」

「沒問題的。」

「是嗎？」

貫太郎鬆了一口氣，往作坊走去。

「其實阿嬤也很在意的，眞可憐……」

看來這些日子，美代子也長大了一些。

俗語說「三個女人一台戲」，三加一個女人湊在一起，更是找不到文字形容地熱鬧，只見她們盡興吃喝好不愉快。

「平常倒還好，只是要看報紙就得這樣……」皮膚白皙，身形豐腴、一張方蒸餅臉的夫人笑著拿出桌子底下的早報，放得老遠，作勢看報紙。

「我的眼睛還好，可是牙齒就不行了。」說話的是一個臉蛋漂亮，身材卻像煙燻針魚般枯乾的夫人。

「我也是……妳看，我都滿口假牙了。」這次發話的夫人則看起來弱不禁風。

「哎呀，一點都看不出是假牙呢。」

這幾個女人一字排開，不光是爲公這麼認爲，大家都公認里子長得最可愛。

「畢竟這兩排假牙花掉我二十八萬啊。」

註：長二丈六，寬一尺。

「好貴，但是一分錢一分貨啊。」

「我介紹妳過去，不過是女醫師哦。」

「女醫師啊，我家連獸醫都挑男醫師，我覺得男醫師好點。」「方蒸餅夫人」尖聲說道。

「眞是的。」

里子像個女學生一樣咯咯笑著，同時注意到「弱不禁風夫人」正搥著肩膀，忙問道：「妳肩膀痠痛嗎？」

「白天工作一整天，晚上還得幫婆婆搥背，當然痛囉。」

眾人不約而同點頭附和，拉門背後的琴把這段對話聽得一清二楚。

她現身出來招呼里子的客人時，表現得很得體。她穿著適合「石貫」隱者身份的高檔和服，講著應酬話，還不忘大大吹捧自己媳婦一番。

「阿嬤，熱海之遊不開心嗎？」

「我兒子硬要我去參加什麼溫泉之旅，其實我這把老骨頭外出遊山玩水更累人，既然有這麼賢慧的媳婦，待在家裡才是享福啊……」琴慇懃地招呼客人吃東西，還適時講些恭維話。「哎呀，這位太太的衣服花色眞漂亮，我常叫里子穿漂亮點，她就是不愛打扮。」里子的三個朋友聽了無不大受感動。

「眞是明理的婆婆啊。」

「寺內太太，妳眞幸福！」

里子難為情地點頭致意。這時，有人推開了玄關的門，傳來一個低沉的男音。

「有人在嗎？」

「有客人嗎？美代子！」

原本端坐著的琴那張老臉倏地閃現光芒，趕忙起身，像要一腳踢開三位夫人似的跑上走廊，喊著「沒錯沒錯，就是這裡！」

四個身穿白衣制服的高大男人「擠」開美代子走了進來。里子一眾人等訝異地說不出話來。

「是內村按摩店的師父嗎？辛苦各位了。」

「阿嬤，這些人是怎麼回事呀？」

「我一直在想該怎麼招待客人，總算讓我想到，不如請相撲力士專用的按摩師來爲各位活絡筋骨一番，消除痠痛嘛。」

「阿嬤，我沒有請那些師傅來呀！」

「這是我的一番心意。各位太太，請脫下和服，穿著襯衣就好。」

這下，就連美代子也嚇呆了。

「拿座墊當枕頭用比較舒服哦。那麼，就麻煩你們了，師傅。」

按摩師父們指節扳得喀喇作響，一步步朝著節節後退的眾家太太們進逼。

「啊，我，我不用了不用了。」「針魚夫人」首先發難高聲叫道。

「我也是……」「方蒸餅夫人」和「弱不禁風夫人」驚慌地抱在一塊兒。

「阿嬤，大家都說不用了，麻煩妳請按摩師傅回去吧！」

「這可不行，按摩師父，請你們快點啊。」

「失禮了！」

一個看起來比貫太郎大上一倍的光頭大漢正向「方蒸餅」夫人進襲。

「哎呀，救人啊！」

霎時客廳宛如阿鼻地獄，四個大漢各自鎖定獵物，四個中年美女哀號鼠竄，這場景簡直就像畫家德拉克洛瓦的名畫《薩旦那帕露斯之死》。美代子大喊著「老闆」跑出去求援。琴激動、興奮不已，幫忙抓住驚駭的夫人們一個個推給按摩師父。就在慌亂的驚叫聲中，貫太郎跑了進來一把推開琴，斥喝著：

「開玩笑也要有分寸！」

「什麼開玩笑？我可是一番好意……我可是爲里子設想啊！」

「阿嬤，妳太過份了。」里子含淚泣訴道。

「爲什麼？」

「妳還說爲什麼！」

貫太郎正要給琴一拳，琴躲到按摩師背後，四處逃竄，頓時場面更加混亂不堪。

碎了一地玻璃，拉門也弄破了，才結束了里子這場「同學會」。

琴一個人孤身在作坊，外頭響著叫賣豆腐的喇叭聲，小販見沒人出去買又走遠了。所有的家務都已經交給了媳婦里子操持，每到傍晚就是琴最百無聊賴的時分，無聊也就算了，偏偏今天捅出這麼個大簍子。琴撫摩著一塊貫太郎還沒完工的小小墓碑，上面刻著女性的名字。上條不知道什麼時候到了，站在一旁。

「想長命百歲得想清楚，早點變成這四方墓碑或許也是一種幸福呢。」

「阿嬤沒食慾嗎？」

「不會啊，飯很好吃。」

「還覺得東西好吃就走，豈不遺憾？」上條溫柔地笑著說

「上條先生，你對老人家眞體貼，和我兒子完全不一樣。」

「那是因爲您不是我的父母，我們也沒有熟到能夠吵架，我只是覺得您很可憐。」

「……」

「母子間能夠毫無顧忌吵架也是一種幸福啊。」

這時，郵差送來了一封限時掛號信，收信人是里子。

晚飯餐桌上，貫太郎怒眼圓睜瞪著琴，琴只好小聲地向里子道歉。

「里子，眞是對不起。」

里子揮揮手要琴別介意，忙說：「我也不對，我太死腦筋了，阿嬤特別好意請按摩師傅來，我們應該高興的接受才是。」

「不過這件事聽起來是阿嬤不對哦！」

「是嘛，太過份了，換做是我，也會生氣的。」

周平和靜江這次清楚地表明站在里子這一邊，就連美代子也是不發一語地瞪著琴。

里子體貼地爲琴添飯，說道：「阿嬤雖然做得過份了點，但是這代表阿嬤身子骨硬朗……我這個做媳婦的很幸福呢。」里子好像意在言外，大家都靜靜等她說下去。

「聽說你們松本的外婆最近身體不好，已經臥病在床了。」

「是老闆娘的卡桑嗎？」

剛剛那封限時信正是從松本寄來的。

「我母親年紀也大了嘛，不過聽說目前還沒有大礙……」

「我……去上廁所……」琴站起身。

「搞什麼啊，吃飯吃到一半……」貫太郎皺著眉頭說。

「我傷了阿嬤的心了。」里子望著走出去的琴嘀咕著。

「卡桑，妳怎麼啦，剛剛不是還氣著說阿嬤讓妳在朋友面前丟臉。」

里子揀起掉落的飯粒放進嘴裡，說：「大家一起去熱海，阿嬤自行脫隊回家，是任性沒錯，可是，那是她覺得在家比較自在，……就算家裡老是大吵小吵不斷，還是比較有趣。想到這一點，實在不忍再苛責她。」

餐桌上突然一片靜默，大家不出聲地動著筷子，低頭扒飯。

「不管對自己，還是對家人，上了年紀，身體健康是最值得感謝的。」里子幽幽地說。

女人嫁出去後，生母病了也無法隨侍在旁，還得照顧別人的母親。這就是當人媳婦的難處。

「卡桑要是生病了，我一定會趕回來的。」靜江說。

「事情不一定總如人願啊。」

「要是回去一趟比較好的話，妳……」貫太郎說到一半，琴抱著昨晚的那只旅行袋走了進來。

「阿嬤，妳又要去熱海了嗎？」周平忍不住叫了出來。

「喂！要講幾次妳才會懂啊！」無視於貫太郎的斥責，琴把旅行袋交給里子，說道：「里子，妳買給我的這只皮箱，我沒有好好用……就讓它陪妳回松本吧。」

「阿嬤……」里子感動得眨著眼睛。

「肥皂盒、新的布襪什麼，這些妳都用得著。」

「不過，要是說好回去三天兩夜，卻第一天就跑回來，那我可就傷腦筋了。」

「阿嬤，幹得好耶！」

周平一把攬住阿嬤，讓她坐回自己身邊，不過當他看到端著茶杯的琴手上那對自豪的露指手套已經髒成深灰色時……

「阿嬤好髒啊！而且這種大熱天還戴什麼手套？」周平又像往常一樣挑剔著。

「自己的手可要好好保重呀。」琴不甘示弱地駁了回去。

「……」

就這樣，席間又恢復寺內家餐桌上慣有的熱鬧了。

那天深夜，里子一一鎖上家裡的門窗時，發現店裡辦公室的燈還亮著。她看見丈夫貫太郎手裡拿著一對嶄新的白色花邊手套，獨坐在辦公桌前。他握著一把剪刀，把手套的前端喀嚓喀嚓一一剪掉。

祭典鼓聲

「妳猜猜看這谷中墓園有多少墳墓？」琴這麼一問，美代子歪著頭左思右想，也講不出個數字。

「有六千五百座喲，裡面還有很多名人，像是福地櫻痴、廣津柳浪、上田敏等人的墓地也在這裡哦。」

美代子對這些名人一無所悉，據說都是明治大正時期的大作家。反正，琴阿嬤一定也是從別人那聽來的。

「還有牧野富太郎。」

這個人美代子就聽過，號稱是一部植物活百科，臉長得像一隻溫馴的小狗。

「還有相馬大作、高橋御傳……」琴又說了一串美代子不認識的人物，說是可以帶她去墓園逛逛。不過實在是提不起勁和琴逛墓園，美代子應付著說：「有機會的話。」

谷中不只墓多，寺廟、神社也不少。處處可見昔日的東京風情，對當地的祭典活動也相當重視。

每當到夏日祭典的時節，一早就能聽到練習的鼓聲乘風傳來。

貫太郎一家也是從早餐開始就受祭典的氣氛感染，熱鬧得不得了。因爲今年祭典的總幹事正是貫太郎。

「打從你們阿公死後，這可是頭一遭。貫太郎年紀輕輕的就能脫穎而出，主持這種大場面，眞是太光榮了。」

琴開心地笑容滿面。周平似乎也心情不壞，說道：「人家是看上他的『份量』啦！」

「這和體重又沒關係。」靜江緩頰說道。周平隨著外面傳來的鼓聲節奏扭動身子說：「我覺得把抬神轎改成抬多桑會更有趣，嘿咻！嘿咻！」周平表演得興起，一不小心打翻了味噌湯。

「喂，今天都夠忙了，你就不要再添亂了。」里子嘴上雖然抱怨著，擦起餐桌來卻比平常更起勁。由於貫太郎榮登總幹事，今年設祭壇的神酒所（神酒供應處）就設在「石貫」的作坊。由於主祭和町內會（註）成員將在十點集合，進行祭神儀式，爲公和最近新來的學徒阿臼便提早到「石貫」幫忙佈置會場。

「不論如何，今天可是貫太郎的大日子，大家都要全力以赴。」今天的琴一反往常，相當認眞。

「雖然町內會的女性成員會備好茶酒招待賓客，我們也得適時支援。」貫太郎難掩興奮神色地說。

「那當然，這種大場面要是搞砸了，」里子稍微停頓了一下，站起身來，精神抖

註：鎮上的商店公會組織。

撒地說：「豈不是要丟多桑的臉嗎！」

美代子也很喜歡這類熱鬧的祭典，雖然祭典的鼓樂和故鄉新潟的不同，但雀躍的心情卻沒什麼兩樣。

「今年雖然是『陰祭』，還是很熱鬧。」根據琴的說明，夏季祭典以一年「本祭」一年「陰祭」的形式輪流舉行，和隆重的「本祭」比起來，「陰祭」的儀式略加精簡，這是先祖考慮到後代子孫負擔的智慧。「大家穿上一樣的浴衣，一起拉彩車，逛廟會，熱鬧極了。對了，不知道這幾天天氣怎麼樣，希望老天爺肯賞臉啊。」

這時，里子抱著一堆同款花色的新浴衣進來。

「哎呀，總算做好了。」

里子興奮地按家人年紀長幼唱名，發遞浴衣。這是里子這陣子熬夜趕工，今天天明前才總算完成的。

「今年的花樣可真漂亮呢。」靜江平常不穿和服，唯獨祭典廟會的浴衣例外。美代子正怔怔想著靜江是特地穿給上條先生欣賞的吧，忽然聽到里子喊了自己的名字。

「美代子，這件是妳的。」里子笑盈盈地遞了一套浴衣給她。

「哇！我也有嗎？」

「當然囉，還有這個。」里子又遞過一條紅色腰帶和一雙可愛的黑底紅木屐帶的木屐，美代子又是一陣歡呼，鄭重地跪坐答謝：「謝謝老闆，謝謝老闆娘！」

貫太郎和里子同時覺得胸口一緊，因爲他們還不曾受過如此情眞意摯的感謝。

「大家就換上浴衣，一起去逛廟會吧！」

「美代子，妳千萬不要跟阿嬷一起逛哦，每次玩撈金魚時她都會揮舞著杓子，威脅老闆說：『爲什麼我的杓子破得比別人快！』丟臉死了！」

眾人聽了周平對美代子的忠告都不禁莞爾。

「喂，我的茶要涼的，都這麼忙了，哪有時間慢慢喝熱茶！」貫太郎的前額早已爬滿了汗水。

「忙歸忙，這段期間你的拳頭還是收斂點吧。」琴以一副慈母的姿態提醒貫太郎說。

換作平常，貫太郎聽到這種話一定會氣得大聲反駁：「什麼話！」但今天他的好心情彷彿塡滿了整個大肚腩，不管聽了什麼都是笑咪咪的。

「也是也是，和事佬卻帶頭幹架，這樣祭典會搞得烏煙瘴氣的。」

「大雪紛飛……」

就連周平突然模仿起義大利歌手ADAMO（註）唱歌，貫太郎也只是笑笑地敲了他

註：著名義大利歌手，走紅於義、法、德、西、日、阿根廷、巴西、智利等地。一九七四年發行日文專輯《大雪紛飛》，創下百萬銷售量的佳績。

腦袋一下。

「多桑，今天就請多多擔待囉。」里子深知丈夫脾氣，特地又叮嚀一番。「同樣的，你那邊只要需要，我們都會幫忙的。」

「就麻煩大家了。」

「沒問題！」

其中回答得最大聲的，就是美代子。

「要辛苦三天呢，今天是五月二十九日吧？」

五月二十九日，美代子突然覺得這日子有些耳熟……

琴扳著手指頭數著三十、三十一，然而美代子已經聽不進去了。

是嗎，今天是五月二十九日啊……

「美代子，怎麼啦？」里子詫異地問道。

「五月二十九日是，」美代子趕忙住嘴，改口說：「祭典好像很好玩呢。」差點就說出：是我卡桑的……

只不過她一看到琴開心地用長著老人斑的手，和著鼓聲的節奏打起拍子來，便硬生生把還沒講出口的話噎住，默默回到自己房裡，關上拉門。

桌上有一張母親笑得很開心的小照，美代子拿在手裡直楞楞盯著。

「對不起啊，今天是卡桑的忌日，我竟然差點就忘了……」

外頭鼓聲喧天，從客廳則不時傳來一波波歡樂的笑聲，美代子將剛拿到的嶄新浴衣、紅色腰帶及木屐，全都收進桌底。

「美代子！」里子呼喚她。

「來了！」美代子應聲後又對著母親的照片說：「大家都開開心心的，我不能說今天是您忌日的話掃興……」

祭典幹事們穿著同式浴衣，簇擁在神酒所，熱鬧非凡；錄音機不斷流洩出熱鬧的大鼓聲。

「哎呀，今天天氣眞好哪！」町內會長老三津田從剛剛就一直啜飲著酒，像重複轉動的錄音帶般一直說著這句話。這十年來，每逢祭典，三津田總是說著同樣的台詞。

「祭典要是下起雨，實在不像樣。嗯……」「鰻魚阿德」的老闆也是年年這麼點頭附和。

「不過，『石貫』這幾天就沒辦法做生意了呢。」

「不用擔心，這幾天安排了幾個出差的工作。」

因爲在座長輩居多，今天貫太郎顯得一本正經。這時，從辦公室傳來花隈招呼的聲音。

「阿貫啊，有人要捐款，麻煩幫忙寫個字。」

「馬上過去！」

因爲刻碑石的訓練，貫太郎寫得一手好字，很受好評。辦公室裡張掛著紅白相間的布幕，靜江幫忙收發，美代子坐在一旁幫忙製作分送給扛神轎、拉彩車的小朋友的福袋。

屋外傳來小朋友練習的鼓聲，靜江忽地想起一個人在公寓等著父親回家的阿守。

「美代子，可以幫我招呼一下嗎？」美代子聞聲抬頭，靜江靦腆笑說：「我連個代理母親都做不好呢。」

「妳趕快去吧。」

靜江拖著左腳，邁著比平常更大的步伐匆匆出門。

美代子加快手上的工作，大鼓聲愈來愈熱鬧，神酒所附近擠滿了人，美代子決定不讓任何人知道自己的心事。當客人要茶要酒時，她立刻大聲回應，二話不說趨前服務。只是，美代子心裡暗下決心不換上浴衣，畢竟今天原本應該是穿喪服的日子，也決定了一整天都不笑。常有人誇說美代子「雖然沒什麼長處，不過笑容很好看。」但美代子決定今天要斂起笑容。

里子注意到美代子不對勁，訥悶她怎麼板著一張臉。問她爲什麼不把浴衣穿上，她回說等會再穿卻似乎沒有要換上的意思，前思後想也想不出美代子究竟爲何不高興，想說等工作告一段落再問她吧，便轉身忙著燒開水，準備下酒菜。這時候，靜江帶著阿守回來了。琴今天特地打扮了一番，難得擦上了口紅，她在客廳幫阿守換上祭典時穿的短外褂。靜江換上浴衣，麻煩里子幫她調整腰帶。美代子從神酒所帶回髒碗筷。

「啊，綁太緊了啦……」

「要人家幫忙，就不要嫌鬆嫌緊的！」里子手上故意使勁拉緊。美代子默默地在一旁低著頭洗碗。琴在阿守的眼角擦上胭紅，鼻樑劃上水粉。

「看你威風凜凜的樣子，跟你老爸一個樣呢！」

「阿守，我們走吧！」靜江牽起阿守的手。「妳們說，我們這樣像不像一對『母子』啊？」

「一點都不像。」琴冷淡地說。「養小孩子啊，成天得費盡心思張羅他吃飯睡覺、把屎把尿、陪他講講話，哭鬧時候還得哄他……都記不清爲他做過多少事。等到哪天忽然驚覺時，小孩都已經長大成人了。哪像妳呀，不過帶他參加個廟會，就以母親自居起來。那可是大不同的啊！」

「卡桑，妳也這麼認爲嗎？」

「……沒錯。」里子嘴角掛著笑容，但回答的口氣很肯定。

靜江呵呵笑說：「美代子，妳看看，阿嬤和卡桑是不是很壞心？」

「壞？有就要偷笑了，可以幫妳綁腰帶，會嘮叨念妳……。眞令人羨慕啊！」

美代子說完，將洗淨的碗筷帶回神酒所。

「對了，美代子她……」

「她母親不在了。」琴不讓阿守聽見，小聲嘀咕著。

貫太郎看見靜江帶著阿守並沒說什麼，只是敲了一下他綁著頭巾的頭。阿守似乎記起這個胖阿公曾陪他一起玩，毫不生份地對他露齒而笑。

神酒所旁有一面小朋友專用的太鼓，一群大孩子們正霸著太鼓，阿守和附近的小孩不熟，只能孤零零站在遠處看他們玩。貫太郎腰帶上插著祭典用的團扇，走到大鼓旁，彎下龐大的身軀對那群大孩子說：

「弟弟啊，不好意思哦，讓這位小朋友玩一會兒好不好？」

上條先生就站在不遠處看著這一幕，望著阿守興奮地拿起鼓槌，用力敲了鼓面。

靜江則依偎著他，眼裡泛起一絲淚光。

傍晚時分，客廳宛如醉漢收容所，有人把座墊當枕頭睡癱了，有人靠著牆呼呼大睡，全是貫太郎交待扶進屋裡休息的酒客。此時客廳裡，穿著牛仔褲的周平正把里子給他的浴衣退回去，使性子說道：「我不要！」

「你不穿嗎？往年不是都穿得好好的？」

「我已經長大了。」

美代子這時小跑步進來說：「老闆問說還有沒有菸灰缸。」

「好，跟他說我馬上拿出去。啊，美代子妳也休息一會兒吧。」

周平趁隙準備逃出去，里子眼明手快一把抓住他的襯衫下襬。

「小平，多桑交代你趕快換上，出去打招呼。」

「我爲什麼一定得去！」

靠著牆睡的醉漢被周平的聲音驚醒，搖搖晃晃地站起身。

「要上廁所嗎？美代子，麻煩妳帶他去。」

「請往這邊走。」

這時腳步飄忽的醉漢忽然一把抱住美代子。

「討厭！」美代子發出連自己都意想不到的尖叫聲，一把推倒那個醉漢。

「痛死了！搞什麼嘛！」醉漢抱怨著。

里子若無其事走過去攙扶他，說道：「瞧瞧你，喝那麼多酒，沒問題吧，從這裡走到底就是廁所了，不要弄得髒兮兮啊，去吧。」一邊拍著客人的背指示方位。里子待客的手腕確實高明。待男人身影消失在走廊盡頭後，里子笑著對美代子說：「祭典上難免有人酒喝多了，妳就多擔待點吧。」

看到美代子委屈地不答腔，周平替她打抱不平地說：「祭典，祭典就可以胡鬧嗎？」

「對啊，難道祭典就可以藉酒力胡來嗎？」

「噓，小聲點別讓客人聽到了。」里子怕枕著座墊睡的男人聽到，忙提醒他們。

「聽到也無所謂，我們又沒說錯！」

周平話才說完，貫太郎就走了進來，斥道：「喂，還在磨蹭什麼！還不快換好衣服出去招呼客人。」

「我為什麼得招呼客人？」

「你說什麼！」

「我們家又不是流氓，誰規定父親當了幹事，做兒子的就得給人家鞠躬哈腰！這一點道理都沒有！」

「渾帳東西！」貫太郎推了周平一把吼道。「嘴上無毛的小鬼，就會自以為是！要知道，人是不能自己關起門過日子的，萬一發生地震火災什麼的，還要靠街坊相互幫忙啊！」

「沒錯，沒錯！」一個醉漢突然醒轉插嘴，隨即又翻身躺平。

「碰到緊急事故時，平日的交情就起作用了。」

「不弄出火災不就沒事了。」

「王八蛋！」貫太郎揪著周平前襟，里子趕緊按住他的手：「多桑，今天可是祭典啊！」

「管他今天是不是祭典，非得治治這劣種不可！」

眼看著口水、拳頭就要如雨點往周平身上招呼時，花隈在庭院喊著說：「阿貫，又要麻煩你寫個字。」

「我在忙你自己寫！」

「阿貫，可以嗎？」花隈一看就知道寺內父子倆的戰火又要開始了。他故意壓低聲音故弄玄虛，閉著一隻眼睛說：「她來了喲，我來招呼可以嗎？」

「到底是誰來了！現在沒空，要說快說！」

「是涼子小姐來了喲！」

涼子是附近小酒館「霧雨」的媽媽桑，貫太郎和光隈都是那家店的常客。她的浴衣裝扮嫵媚動人，現在親自到「石貫」來捐贈。

「現在就去，真是的，寫個字都要麻煩人。」貫太郎故意在里子和周平面前抱怨道。「喂，我剛剛說的話，給我好好想一想！」臨走前還戳了周平頭一下。不過，這下輪到周平扭扭捏捏，猶豫不決了。

「卡桑，我的腰帶呢？我也想去瞧瞧涼子小姐。」

里子「哼」了一聲把浴衣和腰帶粗魯地丟給周平，要他自己穿。話雖如此，周平一個人實在穿不來，還是得勞煩里子。她幫著比自己高出一個頭的兒子換上浴衣。

「還說不穿，你看看，穿起來多好看。對不對？美代子。」

周平才剛對祭典大肆批評過一番，此時面對美代子有些不好意思。美代子心裡也不舒坦，背過身閉口不語。

「喲，小平好帥喔！」剛從外頭工作回來的爲公，一進門就喊著。

「辛苦你了，看你滿身大汗，趕快也去換上吧。」

「哇啊，多謝多謝，眞開心！我要先洗個澡，再換上新浴衣，喝壺酒，然後嘿嘿咻咻——」里子婉言催促他快去換衣服，爲公仍然跟著祭典鼓聲扭著身子。

「爲公，原來你這麼喜歡祭典啊。」里子佩服地說。

「小時候，大家都叫我『祭典之光』呢。」

「可以想像，你還挺適合湊這種熱鬧的。」周平笑著說

爲公一臉興奮溢於言表，突然看到穿著牛仔褲的美代子。

「美代子，怎麼妳還沒換上浴衣呢？」

美代子沒有答腔，逕自將洗好的菸灰缸拿出去。背影顯得無精打采的。

「美代子該不會是身體不舒服吧。」里子擔心地說。

此時神酒所這邊，貫太郎前一刻盯著涼子看得入迷，現在則瞇著眼打量換上浴衣

的兒子周平。

「這就是我那不成材的小犬，請大家多多關照。」貫太郎介紹周平給町內會的重要成員們一一認識。

「嘿，才多久沒見，又長高了啊！」

「要是也多長點腦袋就好囉。」

「來，喝一杯！」眾人紛紛舉杯招呼，貫太郎點頭致意，對周平說：「快跟大家敬酒。」

「那我就不客氣了。」

「阿貫家的家教眞好，時下的年輕人還懂得回敬的實在不多見啦。」花隈讚道。

聽到旁人誇自己兒子，貫太郎得意的很。而周平喝酒的架勢活脫就是老子的翻版，一杯接一杯，酒到杯乾。在一旁幫忙打開花生米包裝的美代子酸溜溜地說：「什麼嘛，明明剛才還一個勁批評祭典如何如何，說得好聽，結果一下就變節了，周平也未免太狗腿了吧！」

貫太郎替周平整了整浴衣的領子，父子倆一個胖一個高瘦，穿著同式花色的浴衣，這樣的畫面實在令人發噱，然而對一旁的美代子而言，這卻是教她心酸的一幕。美代子的父親在她五歲時就去世了，而母親在去年的今天也走了……

這時，町內會長老三津田喚了美代子一聲「大姊」，催促她倒酒。她對「大姊」

這個字眼很反感，便不搭話，只是默默地幫忙倒酒。半醉的三津田老人紅光滿面一臉福相，笑著對美代子說：「年輕眞好啊，這或許是我們這些老人有生最後一次參加祭典了呢。」這句台詞也是十年來始終如一。光是說說也就算了，偏偏他還抓起美代子的手說：「對不對啊？大姊。」

「是嗎？」美代子尖聲喊著，同時扭著身子想抽回手。

花隈趕緊湊過來打圓場，扳開三津田的手。同時提醒美代子說：

「姑娘家要和氣點啊，說話不要那麼衝。」

「老爺爺，你幾歲了呀？」

「七十三、四歲囉。」三津田說著說著又把手伸過來，美代子「啪」一聲甩開他的手，不假思索頂了一句：「活這麼大歲數，算是夠有福氣了吧！」

霎時，在座鴉雀無聲，三津田本人表情尷尬不已。

「美代子，妳這是什麼話！」貫太郎倏地站起身，花隈和周平趕緊趨前阻止。

「阿貫，算了。」

「多桑，不要跟她計較啦。」

美代子飛快地跑開，差點就踢翻了酒壺。

結果後來挨罵的，是在廚房裡做豆皮壽司的里子和琴。

「就算年紀還小，用那種態度對待町內會的人，也太沒禮貌了。」

「這孩子平常不是這樣的。啊，阿嬤，葫蘆乾可以了嗎？」

「有點辣，不過很入味。」

「還弄什麼葫蘆乾啊！她害我當眾出醜耶！」貫太郎忿忿地說。

「里子，妳塞得那麼緊，待會下鍋炸會爆開的，連這都不懂！」

「眞是不好意思。」

「喂！叫美代子過來！」

「多桑，你眞是的……要罵人難道不能等祭典結束嗎？」

「小孩子和狗一樣，犯了錯就要當場修理才會記得牢，馬上把她找過來！」

里子舔著手上的飯粒，站起身。

美代子沒在房裡。昏暗房間的小桌上，擺著她母親的照片，旁邊的茶杯裡插著白色康乃馨。里子沒多想，隨手將供奉的花扶正，突然發現桌下放著浴衣、腰帶及木屐。

「美代子到底怎麼了呢？」

美代子雙手合十，蹲在谷中墓園裡一個小墓前。遠處祭典的鼓聲依稀可聞，然而待在這裡，美代子心情平靜了許多。

「喂，美代子，妳在這裡做什麼呀？」是花限的聲音。

「花隈先生，你為什麼會來這裡……」

「我曾見妳匆匆往墓園跑，就跟了過來。祭典免不了要吃吃喝喝，妳一個女孩子家的，要是碰到喝醉的小混混找麻煩就不好了。」

「……對不起。」

「木下三江之墓。是妳認識的人嗎？」

美代子搖搖頭。

「可是，妳剛剛不是在拜她？」

「這裡沒有和我卡桑一樣年紀去世的人，這人是四十三歲過世的，還是花了一番工夫才找到的。」

「可是為什麼要這麼做呢？」

「……今天，其實是我卡桑的……周年忌辰。」

「妳卡桑是去年的今天往生的？」

「本想說出來的，不巧正好碰上節慶……」

「原來是這樣啊……」

「花隈先生，請不要跟任何人提起。」

「這麼乖巧的女兒，妳卡桑走時想必很捨不得吧。」

花隈摘掉頭上的布巾，恭敬地在墓前鞠躬致意。

「喂！妳給我跑到哪裡去了！」晚餐時，貫太郎惡狠狠地斥問美代子。眾人邊吃著豆皮壽司，提著心聽著貫太郎發飆。

「快說！究竟去哪裡了？」

「我不說！」

「妳不說？喂！」

「多桑，人回來就好了，何必生那麼大的氣。」里子出面緩頰。

貫太郎不搭理，又繼續罵道：

「妳給我閉嘴！又不是天天都鬧祭典，不過才請她幫個三天忙，而且寺內家十年才有一回機會當上總幹事，她竟然……」

「貫太郎出任總幹事的風光之日，大家都忙得不可開交，妳卻悶不吭聲掉頭就走，也真是的！」琴吃著豆皮壽司，也跟著數落起來。

「還不是因爲被喝醉酒的人調戲嘛。」周平插嘴說情，靜江也幫腔說：「美代子不過是去喘口氣而已啊。」

「我沒問你們！請妳在祭典中幫忙倒茶倒酒，確實是有點公私不分，但妳想想在這之前我曾這樣麻煩過妳嗎！不過是被老人家摸個手就使性子跑掉，這算什麼！」

「多桑，你年輕的時候不也是這樣嗎？」

「妳給我閉嘴！」貫太郎斥喝里子，怒眼圓睜瞪著美代子。美代子抬起頭來，望著貫太郎銅鈴也似的眼珠子，不甘示弱地瞪了回去。

「我不是因爲那件事跑出去的。」

「是嗎？祭典的日子板著一張臉，連浴衣也不穿……這種彆扭的態度，就算嫁人也會被丈夫嫌棄的！」

「老闆，我……我認爲祭典本身就不對！」美代子連自己都不知道想說什麼了。

「妳說什麼！」

「利用大家捐贈的錢，吃吃喝喝的，不無聊嗎？看看馬路坑坑洞洞的、街燈都不亮了，町內會的人還拿那些錢喝得醉醺醺的。」

「妳不要強詞奪理！」

「從一大早就打鼓鬧個不停，有沒有考慮到有些人根本沒那份心情，還是要靜養的病人會受不了……，太不懂得體諒人了！」

「混帳東西！祭典是──」

「祭典是幸福的人才有權享受的，我討厭祭典！」

美代子聲音顫抖地一口氣說完便跑回自己房內，坐在母親照片前，淚水奪眶而出，那是忍耐了一整天的淚水。

貫太郎回到神酒所，大口喝著酒：「自以爲是的小子！」

「阿貫，幹嘛生這麼大氣呀？」花隈拍了拍貫太郎的背。

「換作是我女兒早就開扁了，真是受不了……」

「你說美代子嗎？」

「大夥忙得不可開交，她一個人掉頭就走，問她去哪裡，竟然頂嘴說『不說』、『不想說』。」

「阿貫，你猜美代子去哪裡了？」花隈頓了一下，繼續說下去。「她一個人跑去墓園，去找和自己母親同樣年紀去世的女人的墓啊！」

「和她母親同樣年紀……」

「今天是她母親的周年忌辰啊！」

貫太郎默默地放下酒杯。

里子坐在美代子房裡，美代子倔強地背對她，用手指撥弄著白色的康乃馨。祭典的鼓聲仍隱約可聞。

「美代子，妳哪裡不舒服嗎？我在妳這個年紀也是這樣，妳才剛換到一個新環境不久，難免……。如果是這樣，身爲女人……」

「不是那樣的。」

「……那就好。我就是迷迷糊糊、腦筋鈍了點，才老是挨多桑罵。」

美代子拿起桌上的照片把玩起來。

「妳的眼睛跟妳卡桑長得一模一樣呢。」

美代子的手輕輕撫過照片。

「做卡桑的只消看一眼女兒的表情，馬上就能知道她是不舒服還是有心事……妳卡桑幾歲往生的？」

「三十八歲。」

「這麼年輕啊……」里子又順口問道：「忌辰是哪一天啊？」

美代子不語。

「美代子……」

「……是今天。」她小聲地說。

「傻孩子，爲什麼不早說！」里子激動地說。

這時候忽然聽到貫太郎在外頭吆喝：「喂，大家都過來！靜江、周平、阿嬤，你們都出來！」

里子和美代子看到客廳裡的客人都嚇了一跳。貫太郎帶了一個和尚到家裡來。

「唉呀！是方丈師父。」

和尚是寺內家家廟的方丈師父。

「怎麼突然做起法事來？」

方丈師父正穿上袈裟準備儀式，走進來的靜江、周平、阿嬤都面露不解的神情。

「多桑……」里子立刻會意過來。

「喂，美代子，戒名（註）是什麼？」貫太郎大聲問道。

「戒、名？」

「妳去世卡桑的。」

「……老闆。」

「怎麼不早說今天是妳卡桑的周年忌辰呢！」

「貫太郎，那麼方丈師父是要……」琴不住地猛點頭。

「快點，戒名是什麼？」貫太郎輕輕地敲了美代子的頭說。

「淨相院……美德妙操大師……」美代子感動極了，說到最後已經泣不成聲。貫太郎將戒名寫好貼在佛壇前，照片中，美代子的母親綻放著笑容。美代子跪在佛壇前，左右的貫太郎和里子都手持念珠，靜江、周平和琴阿嬤則跪在後頭。莊嚴肅穆的的經文聲迴盪著，美代子的眼淚延著臉頰簌簌落下。

註：佛教徒死後的法號。

夜裡，開始下起雨來。

神酒所和神燈都被雨水打溼了，祭典過後氣氛總是格外寂寥……

靜江幫著在琴腳底貼上膏藥。

「阿嬤，祭典和法事可以同時舉行嗎？」

「沒關係啦。」

「不過這兩個儀式分別是『冠婚葬祭』裡的『葬』和『祭』吧。」

「如果是喜事和喪事撞在一起，一般都會先辦喪事。」

「這樣啊……」

「也就是說，如果收到喜帖和訃聞，兩方剛好都在同一天舉行，得去參加喪禮才不失禮。」

「那今天能幫美代子的卡桑辦法事，眞是太好了」

「貫太郎這傢伙眞可惡，總是先發一頓脾氣再挑最搶鋒頭的事做。」儘管嘴裡唸叨著，琴臉上卻滿是以兒子爲榮的神色。

里子將祭典用的浴衣整理妥當，貫太郎則記著捐獻簿。

「美代子說，她卡桑是三十八歲那年過世的。」

「『岩本煎餅舖』三千圓，『玉壽司』五千圓，」

「多桑……」

「『玉壽司』五千圓，清酒一瓶。」

「喂，多桑，如果……」

「立花眼鏡行……吵死了！沒見到我正在忙嗎？不要打岔！」

「對不起。」

「立花眼鏡行，妳看！害我寫重複了。『大澤正吉』三千圓……到底什麼事？」

「沒什麼大不了的。」

「怎麼話說到一半，給我說清楚！」連這種芝麻小事，貫太郎都要生氣。

「我是想問，多桑希望自己幾歲走？」

「這種事要能自己決定，就不用辛苦了，妳們女人家眞是的！」

「我笨，不該亂想這種事的。」

貫太郎記著帳，冷不防冒出一句：「隨時都可以，但我希望比妳早走一步。」

「多桑……」

走廊傳來腳步聲。

「嗯……晚安！」美代子站在走廊上，身穿早上拿到的浴衣，還繫著紅腰帶。

「晚……」貫太郎回頭，一臉愛理不理的樣子，美代子將兩只黑底紅色鞋帶的木屐套在手上，轉個圈展示了一下。她跪坐下來雙手伏地，鄭重道謝：「老闆，老闆娘，謝謝。」

「很好看呢，太好了。」里子稱讚。

「還有……誦經的事，非常感謝！」

貫太郎用力地點了點頭。

「請早點歇息，晚安。」美代子開朗地說。

「晚安！」貫太郎粗聲應了一句。美代子的腳步聲才剛走遠，里子突然從身後緊緊抱住了貫太郎。

「多桑……」

「混蛋！都幾歲人了。」貫太郎一時慌了手腳。

「可是……」

不知爲什麼，里子的眼淚就是不爭氣地落了下來。

梅雨之客

周平最怕梅雨季。

他急躁的個性簡直是父親貫太郎的翻版，比起拖泥帶水的梅雨，他更喜歡傾盆直下的雷陣雨。一早見到天上堆滿厚實的雲層，頭也跟著重了起來。分明夏天已經到了，卻不見燦爛的日頭，不上不下的天氣就像重考生活一般。周平無精打采地來到庭院，在樹枝上看到一隻小蝸牛。

英國詩人白朗寧有一首詩寫道：「蝸牛爬上枝頭，世間已無大事。」看來今天又是個無所事事的日子了，周平厭煩地想著，邊吃早餐，但他似乎太早下定論了。

先是阿岩師傅從大阪回來了。阿岩師傅因為神經痛的老毛病發作，回大阪靜養一陣子，但是比起無所事事地讓兒子奉養，他覺得回來工作更舒坦點。眼前他正帶著從大阪帶回來的米果和昆布佃煮（註），到主屋打招呼。「阿岩。」琴喊著阿岩師傅，拿著一張褪色的信紙在他面前揮舞著。

褪成茶色的紙上寫著「好、戀、惚、愛」四個拙劣的毛筆字，其下署名倉島岩次郎。阿岩師傅眨著厚厚的鏡片後那雙小眼睛，過了幾秒才會意過來，「噢」地叫出聲，伸手去搶那張紙。琴身手敏捷地躲開，早飯前兩個老人就在客廳裡玩起追逐遊戲來了。

「別鬧了！都一大把年紀了，幹什麼呀！」貫太郎的怒斥終止了這場騷動。琴說，那張宣紙是阿岩師傅五十年前的習字作業，阿岩師傅當時還是學徒，琴則是寺內家的女傭，第一代貫太郎會教「石貫」的下人們寫字。那封信就是阿岩師傅當時送給琴的，也就是所謂的「情書」。

「喜歡、愛慕、迷戀、愛妳，阿岩師傅，眞有你的！」

突然被周平拍了肩頭，正在喝茶的阿岩師傅一不小心被茶水嗆到。

「阿嬤，妳差點就成了阿岩師傅的媳婦呢。」

「胡說什麼，我不喜歡年紀比我大的女人，不可能的啦。」阿岩師傅搔著頭辯解。

「那之後沒多久，你死去的阿公就問我要不要嫁給他……」

「那就是阿岩師傅被甩了囉？」

「都五十年前的事了，哪有什麼甩不甩的，對吧，阿岩？」貫太郎出言緩頰，給阿岩師傅留住點顏面。

「都是過去的事了，眞難爲情。」阿岩師傅這才又露出往常的笑臉。

「以前的『戀』字眞難寫啊。」周平說。

「別再說了。」里子出言制止不肯罷休的周平，又小聲地問貫太郎：「對了，那個人什麼時候來？」

註：將昆布用醬油、甜料酒和白糖等熬煮而成。

「就這兩天的事吧。」

「是誰要來啊？」對於夫婦倆的對話，琴不插一句嘴就不甘心。

「就是佐竹的直子啊。」

「那又是誰？」周平問。

「就是那個嫁到足利的呀，長得很漂亮哦，該說是多桑的表妹嗎？」靜江似乎還記得，但周平卻一點印象也沒有。

「她要到家裡來嗎？」

「說是要來東京療情傷，看來要破鏡重圓挺難的，畢竟是女方自己不對。」

「阿嬤，這件事……」里子用眼神制止琴再說下去。看來事情似乎另有隱情。每當這種時候，阿岩師傅就會自動假裝沒聽見。

「今天恐怕又要下一整天的雨了。」

聽到琴這麼說，眾人不約而同望向窗外。綿綿細雨悄無聲息地潤濕了庭院裡的樹木。

雨天的午後，讓人更覺慵懶欲睏。貫太郎畫著圖樣邊打著盹，為公和新來的學徒阿臼也是昏昏欲睡，只有阿岩師傅手上的鑿子還在動作。

周平小心翼翼地將里子的梳妝台搬到客廳。阿嬤為了發表會去練琵琶，里子外出採購，美代子去鄉公所辦事，靜江去照顧肚子痛的阿守，只剩周平一人看家。

他脫去恤衫，在走廊上張望一番後，把拉門拉上，脫掉長褲，全身都塗上防曬油。客廳立刻充斥著防曬油的氣味。他在鏡子前擺出健美先生的姿勢，自我陶醉得很。

周平渾然不知此時拉門「嘶」的拉開一條小縫，起勁地彎著胳膊隆起上臂肌，擺出另一個姿勢。

「呵呵呵。」

聽到笑聲，周平嚇得轉身，看見拉門細縫露出一張年輕女人的臉。

「小平長大了啊，多高了？」

窘得無地自容的周平趕緊拉條浴巾裹住身體，脫口而出：「一八一公分……」被陌生人出奇不意的撞見自己的醜態，說有多糗就有多糗，周平抓起襯衫和長褲的手止不住地顫抖。

「妳，妳是誰？」

「你忘了嗎？我們見過的呀，對了，那時小平才唸幼稚園，難怪不記得了。」

「幼稚園……」

「我是直子，從足利來的……」

「這樣啊，這麼說妳就是今早提到的姑姑。」

「眞見外，直接叫我名字就好了。」

「……直子小姐。」

直子又笑了，問道：「你卡桑呢？」

「去火車站前買東西，應該快回來了吧。」

「梅雨眞討厭呢。」

見直子拿出手帕擦著淋濕的髮絲，周平遞過浴巾給她。她擦著頭，露出雪白的臂膀，擦著髮際。周平則手忙腳亂地想套上恤衫。

「別慌，慢慢來。等等，你看你全身油膩膩的就把衣服穿上，衣服會弄髒的。」

直子用浴巾擦起周平的後背，他感到渾身一陣雞皮疙瘩。

「好，可以了。」

周平抓起襯衫和長褲往廚房跑，差點就撞上茶櫃。他打算給直子倒杯麥茶，雙手卻不聽使喚抖個不停。直子眺望著庭院，脫掉襪子。

周平默默地奉上茶，就連直子白色布襪上的污泥，他都覺得耀眼。周平從壁櫥裡拿出電風扇，替她打開。直子喝了一大口茶，打開手提袋翻找著。

「剛才本想先繞去買菸的……」

周平從口袋掏出自己的菸給她，直子抽出一根。

「老實說，平常我只抽七星牌的。」

兩個人各自叼根菸，望著庭院，細細的雨絲像煙霧一樣緩緩飄落，電風扇發出蒼蠅振翅般的聲響，轉動著。

「下雨天香菸的味道也不一樣了。」

周平緩緩吸進一大口，細細品味著。這時後門打開了，周平反射性地忙將香菸捻熄，揮去煙味。里子穿著雨衣走了進來。

「哎呀直子，什麼時候來的，怎麼不事先打個電話？」

「眞不好意思，事出突然。好久不見了。」

「幹嘛這麼客套。咦？我的梳妝台怎麼會在這裡？」

一旁的周平頓時面紅耳熱。

「那是……」見周平吞吞吐吐說不出來，直子接口：「是我拜託他的，我被雨淋溼，想找個鏡子整理一下。」

周平緊繃的背脊頓時放鬆下來。

「沒想到妳這麼快就來了。」

「他家在開宗親會，我還是迴避比較好，那邊的親戚希望我們離婚。」

「眞的？」

「是我自己不好，罪有應得。」

「人嘛，難免一時鬼迷心竅……」里子話講了一半，用眼神示意周平離開。直子瞄了周平一眼，把浴巾還給他。周平拿著浴巾走出客廳，身後直子和母親的低聲交談還依稀可聞。

「靜江找到婆家了嗎？」

「這個嘛……」

「應該有男友了吧？」

「可是對方離過婚，還有個孩子……」

靜江正在阿守枕邊幫他組裝模型玩具，大樓管理員金子美佐坐在門口和她有一搭沒一搭聊著天。

「妳幫他代墊的瓦斯費，他還妳了嗎？妳又不是他老婆，我眞不好意思跟妳拿錢，哎呀，我怎麼這麼不會說話……對不起啊。」金子人還不錯，就是粗線條了點。「妳也趕快說服妳多桑，這樣你們就可以名正言順住在一起了。」

隔壁人家做晚飯的香味從敞開的門飄進來，阿守大聲喊著：「我肚子餓了！」

靜江哄著阿守說要買玩具給他，要他忍耐。她嘆著氣對金子說：「他也餓了吧，一定很不好受……」

「我跟妳說，現在正是關鍵時刻喲！」金子探身進來說，同時趁機東張西望打量著房子裡面。「親生母親和外人最大的差別就在這點上，小孩子喊餓了不給他吃的確狠心，這種時候外人會因爲在意別人眼光就順著他，但是親生母親會爲了孩子著想，任他大哭大鬧決不妥協。妳懂嗎？」

兩人聊了將近一個小時後，靜江出門倒垃圾。下雨天的公寓走廊微微散發著霉味，而好幾扇門後都有眼睛打量著還未「正式」住進這裡的靜江。而她也意識到儘可能不拖著左腳走路的自己。

回到屋裡時，靜江嚇了一跳，因爲門口擺著一雙沒見過的女鞋。

「媽媽……」聽到阿守撒嬌的聲音，靜江知道自己的料想成眞，是阿守的生母來了。眼前的是一個三十歲上下、衣著整潔的女人。

不過總不能就這樣逃走，不，也沒有理由逃避。

「妳聽說過我吧，我叫幸子，外子和兒子常常……唉呀，他都已經不是我丈夫了還是改不了口。不過就算我們離婚了，阿守畢竟是我的親骨肉，妳這麼照顧阿守，我說聲謝謝也不奇怪吧。我是聽說他吃壞肚子才特地過來……」她說著從袋子裡拿出布丁。

「啊，是布丁耶！」阿守立刻撲到幸子膝前。

「阿守，要吃布丁嗎？」

靜江制止正打開盒蓋的幸子。

「請等一下，醫生交代過，阿守今天只能吃稀飯。」

「這孩子根本就不吃稀飯。」

「可是醫生說不能讓他吃其他東西。」

「妳沒生過小孩，沒住過院當然不知道，光吃醫院准許的東西根本沒辦法恢復體力的，醫生講的話只是『原則』，做母親的自己要知道拿捏。阿守，久等啦，你看這隻湯匙好可愛喔。」

「阿守，你聽得懂醫生伯伯講的話吧？可以忍耐一下對吧？」

「我要吃布丁！」

大門這時「啪噠」一聲打開了。

「太太，這是找妳的零錢。」探頭進來的管理員金子瞪大了眼睛看著兩個女人。靜江站了起來，如果只有自己一個人就算了，但她實在無法忍受被外人看到這種窘境。

靜江一跛一跛地離開了，在公寓大門前正好碰見返家的上條。

「怎麼了？」上條抱著靜江，搖晃著她的身子問道。靜江激動地說不出話來。

「發生了什麼事？」

「我，我……上條先生，再見了！」靜江推開上條，拖著左腳蹣跚地離開了。

吃飯時只要家人沒到齊，貫太郎就不高興，而此刻靜江還沒回到家。

「喂！靜江該不會又跑去那傢伙那了吧！」貫太郎氣憤地說。

「多桑，有客人在，不要大呼小叫的。」

「她又不是外人，對不對……」嘴裡雖然這麼唸，但是在直子面前貫太郎多少收斂了點，里子總算鬆了口氣。話題又轉到直子的工作上，一直到晚飯快吃完時……

「我回來了！」靜江開朗地向家人打招呼。「對不起，我回來晚了……哎呀，是直子啊。」

「喂，妳今天跑到哪去了！」

看著一臉怒容的貫太郎，今天的靜江像是換了個人似的，扮著鬼臉說：「到上條家照顧吃壞肚子的阿守啊。」

「不要跟我嬉皮笑臉，我絕不允許妳跟那個傢伙來往！」

靜江笑著對動怒的貫太郎說：「多桑，對不起，讓您擔心了，我已經決定和上條先生分手了。」靜江環視著瞠目結舌的家人們，一派輕鬆地說：「我到今天才知道自己有多傻，撫養自己的孩子都不容易了，何況是別人的小孩……。今天去照顧了阿守一天，總算深刻體認到這點。與其將來日子不幸福，倒不如現在放棄，免得造成多桑、卡桑的困擾……」

「小靜，妳和上條先生吵架了嗎？」

「不是的，這是我深思熟慮後的決定。」

「哼！自說自話，什麼跟什麼嘛……」貫太郎嘀咕著。

「肚子好餓，我要開動了！」靜江吃起晚飯，忽然喊了句：「哎呀，萵苣上沾了什麼……」靜江端著沙拉盤起身，美代子說她去洗伸手要接過盤子，但是靜江撥開了她的手逕自朝廚房走去。目睹這一幕的周平隨後跟著姊姊進了廚房。

水龍頭嘩啦嘩啦流著水，靜江洗著萵苣，而她的背像洶湧的波浪般上下起伏著。

「姊姊……」

靜江將萵苣交給身後的周平，用雙手捧著水沖去了爬滿臉頰的眼淚。

寺內家的晚飯常得吃上兩個小時。

「吃飯不要講話！」貫太郎動不動就把這句話掛在嘴邊，偏偏寺內家最會吃、最嘮叨的就是貫太郎本人。餐桌上的口舌之爭是家常便飯，甚至動不動就演出全武行，吃個晚餐常得花上不少時間。而且誰要是吃完飯就立刻離席，貫太郎又會擺著臭臉，罵道：「就算父母過世，飯後茶也不可少！」

抱怨歸抱怨，其實貫太郎最喜歡和家人一起吃吃喝喝、吵吵鬧鬧。

「要參觀東京的話，該去哪些地方好呢？」

正在分配甜點草莓煉乳的里子問道，她先目測草莓的數量，然後把最大顆的分給琴阿嬤。

「我這趟不是來玩的，參觀就不用了，明天起得開始找工作才行……」直子邊壓碎草莓邊這麼說。

「不用急，先休息個兩三天再找也不遲啊。」

貫太郎也試著用湯匙背壓碎草莓，但粗手粗腳的他立刻就把草莓擠出碟子外。

「現在（皇居的）二重橋也沒什麼好看的了……」

「要參觀上野公園的西鄉隆盛雕像，直接看咱們家貫太郎不就得了，而且只消坐上半天，還有摔跤可看呢。」

「沒錯……」里子和靜江不約而同點頭附和。剛才起就一直默不作聲的周平突然起身對靜江說：「姊，我們喝酒去！」

「為什麼？小平。」

「喝悶酒去！晚上多桑一定會喝酒慶祝妳和上條先生分手，我不想看到那場面。」

「你說什麼！」

「多桑太卑鄙了，上條先生來家裡提親都過了半年，多桑你卻從頭反對到底，算你厲害！」

「小平，不要說了。」里子和靜江都出言制止，但周平不為所動，繼續說：「不過我要告訴你，姊姊並不是因為討厭上條先生才和他分手，而是因為真心喜歡他，愛他……不忍見到心愛的上條先生和多桑彼此仇視，姊姊才選擇分手的啊！」

「閉嘴！」

周平被貫太郎摔飛出去，整個人壓向直子。見周平要起身反擊，直子趕緊勒住他，高聲尖叫著。

「小平，住手！里子、阿嬤妳們也過來幫幫忙嘛！」

「沒關係啦，這就是我剛提過的摔跤秀啊。」

琴毫不在乎地自顧自吃著草莓，周平雖然被直子和靜江壓著，仍極欲掙脫，他喊著：「就算姊姊和上條先生分手了，他一樣是我的朋友，還有小不點也是。」

每回上條運送石材到「石貫」時，偶而會跟周平抽根菸聊幾句，互相切磋拳擊的招式，儘管交往不深，周平對上條很有好感，或許是對姊姊所愛的人愛屋及烏吧。

「你這個渾蛋，就會忤逆我！」

「你們兩個都不要吵了！」靜江擋在父親和弟弟中間。「小平，你誤會了。」

「姊姊……」

「我沒有意氣用事，我是眞心想這麼做。阿守固然是原因，還有……上條先生的前妻至今仍是深愛著他啊！」

「胡說！上條先生不是已經正式離婚了嗎！」

「他們的確離婚了，可是……法律上的簽章根本不代表什麼……」

見靜江呑呑吐吐地說不下去，直子接口替她說：

「藕斷絲連，也許更麻煩。」直子感慨地說。「像我，明明是自己不對，但是假如外子現在愛上了其他女人，我也會憎恨對方的。」她邊說邊望著靜江。「我會想跟那女人示威：我們以前可是夫妻呢，緣份比妳和他深多了……』

「寺內先生，你沒有話要說了嗎？」琴挖苦著說。而周平只是小聲回答：「我還能說什麼嗎？」

靜江看著周平，周平望著姊姊和直子，又把視線別開。

「喂！過來！」貫太郎冷不防吆喝里子

「什麼事？多桑……」

「叫妳過來就過來！」貫太郎拉著目瞪口呆的里子步出客廳。

夫婦兩人一來到店裡辦公室，貫太郎斥聲問道：「喂！妳一聲不吭的，這是做母親的樣子嗎？」看著不知所措的里子，貫太郎氣得直跺腳。

「靜江的事，妳就這樣默不作聲？」

「想一想都過了半年多，我對上條先生和阿守也有了感情，可是，就像靜江自己說的，照顧別人的小孩是一輩子的事，看她這樣，我也於心不忍啊。」

「就這樣？」

「對多桑而言，要接納沒有寺內家血緣的小孩做孫子，也高興不起來不是嗎？雖然自私了點，要是靜江能就此死心的話也好……畢竟那孩子還年輕啊。」

「混蛋！」

貫太郎用力推了里子一把，害她撞上角落的金庫。

「這段期間你們是怎麼說的，吃裡扒外專幫著那傢伙講話……怎麼一下來個大逆轉了？妳和靜江都一樣，一點節操都沒有！」

「這麼說，多桑是同意他們倆交往了嗎？」

「我說答應了嗎！雖然我討厭那傢伙，但是瞧他那固執的個性還有可取之處，哪像你們這些婦道人家，簡直就是垃圾！」

里子又要挨揍時，美代子戰戰兢兢走了進來，說：「有客人來了……」

「是誰？」

「是上條先生……」

這時的貫太郎像是被噎住一般，表情複雜。

上條坐在客廳裡。

貫太郎繃著一張臉，雙手抱胸不發一語。靜江低下頭，雙眼茫然盯著一處默默不語。里子爲了緩和緊張的氣氛，慇勤地勸上條喝茶。

「最近一入夜，天氣就更悶熱了。」

「廢話少說！」
「多桑，你也該打聲招呼嘛，不是嗎？」
「住嘴！」
上條突然開口了：「寺內先生，再次懇求您，請您答應讓靜江嫁給我。」
貫太郎正打算說話，靜江卻先發制人，尖聲說：「等一下！多桑，讓我說。」
「小孩子、無視長上，到底想說什麼！」
「可是，多桑……」
「要是沒有我，還有妳在這世上嗎，給我閉嘴！」
「多桑，你在胡說什麼呀？」就連里子都聽得目瞪口呆。
「上條先生，我要先跟你說抱歉。」靜江正視著上條的雙眼說。「謝謝你特地過來，但我沒有自信和你結婚了，怕自己扮演不好妻子的角色。」
「對不起，今天讓妳難受了。」
上條向靜江低頭致意後，轉身面向貫太郎，雙手伏地鄭重地說：「拜託您，寺內先生，請您成全我們。」
「又不是我父親要嫁人，我說過，是我自己不嫁的啊！」
「靜江小姐。」上條極力想挽回靜江的心意，但她只是嗤笑著說：「上條先生也眞傻，就算想再婚，有那麼多女人可以挑，何必挑一個腳不方便的呢。」

「混帳東西！」

貫太郎結結實實地痛打了靜江一頓，不過貫太郎的拳頭還沒歇手，上條衝過來給了貫太郎的下巴一記狠狠的下鉤拳。挨拳的貫太郎愣在當地一時反應不過來。「失禮了！」上條低聲謝罪，扭頭便走。

被上條的舉動嚇著的靜江，此時回過神來，大喊著；「上條先生！」拖著不方便的左腳追了出去。周平、琴和美代子聞聲從廚房趕過來時，現場只剩摀著下巴的貫太郎和里子。

上條靠在作坊裡的石獅上，叼著香菸，手探進口袋找打火機。這時靜江跑了過來，撲到上條胸前。上條口中的菸掉落在地……

正在暗處收拾工具準備下班的阿岩師傅，瞥了他們一眼，隨即又裝出什麼也沒看到的模樣，拿起鑿子在泥地上寫下字跡拙劣的「接吻」兩個字。上條腳邊，靜江那雙被泥土弄髒的漂亮腳丫正踮高著……

貫太郎一連大口吃了兩三個饅頭，里子縫補著抹布，琴則在一旁打瞌睡。

「我說多桑……」

貫太郎拿起第四個饅頭代替回答，生氣或激動時，他總會狂吃。

「上條先生爲什麼會出手打你呢？」

「妳問我我問誰呀！」

「我想上條先生是眞心愛著靜江的，而且……他應該也很喜歡多桑呢。」

「不要講那些有的沒的。」

「這才不是有的沒的。」里子邊說邊把線穿過針孔。「我都感動得哭了呢……」

而貫太郎再也吃不下第四個饅頭了。

「不過還是搞不清楚他爲什麼會出手呢。」

這時，在一旁打瞌睡的琴突然抬起頭來說：「這不是更好嗎？要是什麼事都清清楚楚的，活那麼久豈不一點樂趣都沒了！」說完，她又回頭打起盹來。貫太郎把吃到一半的饅頭默默遞給里子，她邊吃著饅頭，望著丈夫腫脹未消的臉，噗哧一聲笑了出來。

周平躺在床上望著窗外，雨好像停了，夜裡的空氣有些溼熱。今天家裡來了兩個客人——直子和上條。挨了一拳的貫太郎和直子的笑臉，一一浮現在他眼前。直子洗澡時，周平將一包他剛買來的七星牌菸悄悄放在她的換洗衣物旁，這時候直子應該正在抽菸吧。

錯過回家時間的阿岩，此刻獨自在作坊加班。而那對情侶早已不見蹤影，只留下地上拙劣的「接吻」兩個字。

初戀

「瞧你，不好好夾緊怎麼測得準。」里子嘴裡唸著，一面在枕邊甩著體溫計，躺著的周平心裡想，由下往上看的話，母親意外是個娃娃臉呢。

「已經沒發燒了啦。」

「卡桑早上忙得很，不要再給我添亂了。」里子把體溫計還給周平，看到他房裡一片亂七八糟，又隨手整理起來。

周平感冒了。

儘管已經退燒了，還是渾身無力，一點食慾也沒有，但是一想到可以名正言順不必去補習班不必唸書，縱然耳朵還得貼著已經不冰的冰枕，只能望著天花板發呆，周平倒不覺得討厭。

外頭傳來了年輕女人的笑聲，周平沒事人一樣問著母親：「卡桑……那個人，在幹嘛……」

「那個人？你說直子嗎？」

佐竹直子是貫太郎的遠房親戚，原本住在足利，因為夫妻間發生些事，五天前來到東京住進了寺內家，準備找份工作，定居東京。

「她跟著阿嬤在曬梅乾。」

里子一離開，周平便打開窗戶探出頭去，窺視下方的庭院。直子身穿白色和服，肩上繫著一條紅帶子固定住袖子，正在曬梅乾，只要她身子稍加扭動，彷彿就可從頭間看到背部，一覽無遺。周平又「唰」地關上窗。

梅雨季一結束就曬梅乾，是寺內家的慣例。琴頭綁著布巾套著白色圍裙，一身俐落打扮，正用簇新的筷子將醃漬在琺瑯容器裡的梅子夾出來，一顆顆排在平坦的大笊籬上。直子指尖都被染成淡紅色的，她擰乾紫蘇葉後，也一片片攤在大笊籬上。

琴心情愉快，邊做邊解說：「今年梅子品質很好，又綠又脆，都沒有碰傷。」

直子見到周平穿著睡衣、腋下夾著體溫計走出來，關心地問：

「小平，你已經可以下床了嗎？」

周平刻意忽視直子的問題，把玩起醃梅來，琴走過來往他手背打去。

「用手摸，梅子會發霉的！」

走廊地板一陣吱嘎作響，是貫太郎來了。

「噢！酸死了，光看到就忍不住流口水，酸死人了！」

「貫太郎也是好奇寶寶，曬梅乾有什麼好看的。」

貫太郎像是受不了酸的直打哆嗦，手一伸向醃梅，馬上被里子和琴拍回去。

「眞是父子倆一個樣。」眾女眷齊聲大笑。

貫太郎最愛看女人家做手工細活，舉凡冬天炊年糕、醃白菜；春天做艾草年糕、酒壽司(註)、豆沙糯米飯糰；初夏醃野薤菜、酸梅；秋天醃蘿蔔，以至於年終歲末準備年菜等。這種時候，貫太郎就待不住作坊，老往外頭跑，一邊看著女眷們幹活，不時用手抓餡料偷吃。

「男人給我閃一邊去！」

儘管常被嫌礙手礙腳，不過對貫太郎來說，這可是他的「四季」風情呢。他今天和往常一樣被琴和里子趕走，途中他折回來問直子說：「今天妳不是要去尚美堂面試收銀員？」

「直子說不喜歡尚美堂的經理。」里子低聲說明。

「直子是個好女人，馬上就被看上眼啦！」琴大聲補充。

周平腋下夾著體溫計橫躺在客廳裡，閉起眼睛聽著外頭的對話。

「我的年紀老大不小了，又沒有一技之長……」

「慢慢找沒關係，都是親戚嘛又不是外人，多住幾天無所謂，知道嗎？」

不過才走出去的貫太郎又折了回來。他生來就笨手笨腳，連問題都無法一次問完。

「妳多大了？」

「二十七。」

「二十七啊，我也幫妳留意看看。」

「麻煩了。」

貫太郎離去後，直子將鋪滿紫蘇葉的大笊籬併排在井邊。

琴和里子伺機迫不及待地湊著頭說話。

「不知道她心裡到底做何打算，說是要找工作卻找盡各種理由留在家裡，工作得要當事人有心，用腳去找才找得到呀。」

「阿嬷，她該不會在等那個人的電話吧？」

「妳也這麼認爲？」

「她不是說夫家那邊正在開宗親會，討論是不是讓他們夫妻倆離婚？所以她大概在等丈夫電話吧。」

琴故意拿起話筒，讓電話「鈴」地響了一聲，從井邊回來的直子嚇了一跳，立刻探頭進來，琴假裝沒看到，又放下話筒。

「阿嬷，不要鬧了。」躺在客廳的周平揮開琴的手。

「啊，痛死了，這是幹嘛！」

琴回敬了周平一下，邊用眼神向里子使眼色，像在說：我就說吧。

註：在煮得稍硬的米飯上淋上高甜度的酒，再配上山菜、海鮮醃浸在壽司桶中數小時後，即可食用。為鹿兒島當地特有的料理。

「不過，眞會打如意算盤，淨會誘惑男人……」

「人不免都有被心魔牽著鼻子走的時候嘛。」

「她和我們是不一樣的，話說啊，從事特種行業的女人連拿筷子的手勢都講究呢。」琴手裡拿著筷子，挺直小指揚起。

「這我也會啊！」周平故意將小指翹立起來。

「懶得理你。」

琴和里子走遠後，又窸窸窣窣咬起耳朵來，周平儘可能不發出聲音，藉由腰腿的力量慢慢「挪」動身子到她們身邊。

「現在已經不是糧食配給那時代了，就算多住幾天也無所謂嘛。」

「可是，又不是近親……這日子久了，難保……」

看到琴的眼色，里子點頭附和說：「但是，多桑就是偏袒親戚……」

「他就是死腦筋啊，直子又是個好色女，」里子還想說什麼，突然察覺周平在後面偷聽。「小平你在幹嘛啊！」狠狠打了周平屁股一下。

下午，琴、里子和美代子三人都出門去了。琴去參加琵琶發表會，她只要觀眾一少就不開心，便自掏腰包支付加班費給不情願的美代子，要她去充當粉絲團。反正直子在家沒事，本來應該邀她去的，不過周平今天感冒沒去上課，這樣一來，家裡就會只剩下美代子和周平兩人。

「這兩個可都正值青春期呢。」貫太郎警告里子。

「大白天的……不會做出什麼事吧。」

「要等做出什麼事，就後悔莫及了！」

「那就麻煩直子留下來吧，這樣周平應該也比較自在。」

「畢竟是親戚嘛。」

「說是親戚，畢竟是孤男寡女的。」琴插嘴說。

「有空在這裡瞎說，怎麼不去喝妳的生雞蛋。」

經過這番交涉，三個女人出門去了。氣象報告雖說還有三天才會出梅，不過下午天氣大好，梅雨季像是已經結束了。客廳廚房一帶充塞著嗆鼻的梅子味。直子把曬著梅乾的大笊籬移到陽光曬得到的地方，在屋裡擦擦洗洗的，忙個不停。周平一想到只有兩人在家，便喘不過氣來。

從作坊傳來雕刻石頭的單調聲響，聽了令人昏昏欲睡，有時還夾雜著撥打算盤的聲音，大概是靜江在整理傳票。

直子上二樓晾衣場曬衣服，周平跟在她後頭，把玩著衣夾。

「有喜歡的人沒？」直子笑著問他。

「才沒有。」

「你還是小孩子嘛。」

「我才不是小孩子！」

「說的也是，都會抽菸了……對了，你該不會不喝酒吧。」直子抖掉衣服上的水滴，用促狹的眼神回頭望著周平。

「當然喝！」

「眞的嗎？」

「妳要是不相信，我請妳喝酒去。」

直子呵呵笑著，周平顯然惱羞成怒起來，又說：「就今天晚上，我請妳到附近的『霧雨』喝酒。」

「你生氣的樣子眞可愛。」直子正把濕衣服撐開扯平，突然噗哧一聲笑了出來。

「哇，好可愛的內褲，是周平的吧！」

周平跳起來，粗魯地把自己鮮豔的條紋內褲搶了過去。

「啊，好痛……」直子的手指像被什麼扎到了。習慣和男人眉來眼去的她，下意識地對周平送秋波，嬌嗔地說：「你眞粗魯耶，弄痛人家了！」

直子吮著被紫蘇葉染紅的手指頭。周平正要開口，樓下客廳的電話剛好響起，直子跌跌撞撞跑下樓去接電話。

結果是打錯電話了，直子悵然地掛上電話。「砰」的一聲，周平將急救箱往直子面前一放，直子才伸出手，電話鈴聲又響起，這次周平倏地抓起話筒，同一刻直子的手也碰到話筒，兩隻手碰到一起，觸電似地，顫動了一下又分開來。電話鈴聲隨即恢復沉默，客廳裡只聽得見兩人急促的呼吸聲以及瀰漫滿屋的梅子味。

「等待眞讓人受不了，」直子喃喃地說。「不要再等了，我要去散步……」

初夏午后，谷中墓園的林蔭深處，直子撐著一把白色洋傘，邊走邊轉動著傘面。夏蟬已迫不及待停歇在還遺留著梅雨味道的枝幹上，唧唧叫著。白色洋傘下，穿著白衣的直子在墓碑間緩步穿行，周平在不遠處緊緊跟隨，視線落在她身上。直子時而坐在墓碑旁休息，時而邊走邊撕著新綠的樹葉。而周平，只是默默地跟著她。

這時，直子突然停下腳步，把張開的傘往地上一放，撩起和服下襬蹲了下來。周平看得目瞪口呆，馬上意會過來是怎麼回事，趕緊轉身背對著。背後傳來輕微的水聲響動。困惑、難爲情和愛憐之情同時湧至，周平眼眶頓時溼潤了。

正在這當口，一對年輕情侶從旁邊的小路竄出來，周平飛奔擋到他們面前，情侶一下子怔住了。

「請問，寺內家的墓是在這附近嗎？」

年輕情侶面面相覷搖著頭，準備繼續前行。周平一想到對方只稍再往前走，直子就糗大了，索性用身體阻擋情侶去路，說：「對不起，前面有工事，路面濕答答的，請兩位繞道。」

情侶見到周平氣勢洶洶的模樣，神情詫異地離開了。周平喘著大氣，察覺到身後有人靠近。是撐著傘的直子，她的眼裡滿是深情，對周平笑了笑。周平用力踢開腳下的一粒小石子。直子邁步走了出去，周平遲了幾步，跟了上去。直子停下來等他，但周平兩手插在牛仔褲袋，鬧彆扭一般刻意放緩腳步。

日頭西下，庭院的醃梅已經曬不到陽光了。客廳的電話鈴聲響起，剛返家的周平跑進門接電話。

打來的男人自稱是足利的佐竹。

「是佐竹先生嗎……」

直子丟下洋傘，一把搶過周平手中的話筒。

「喂，喂，我是……」

周平在廚房裡扭開水龍頭，水量開得很小，他用手心接著水，側耳傾聽著。

「是嗎……我知道了……嗯……那也難怪。懷恨……沒這回事，是我自食惡果。」

直子嘴巴上這麼說，但一隻手衝動地撕碎了電話旁花瓶裡的花。

「離婚協議書請送到這裡來，蓋好章我馬上就寄回去。」

周平把水又轉得更小。

「我沒問題的，寺內先生一家待我很好，我準備在東京找工作重頭來過。這樣事情總算解決了，我也落得輕鬆愉快。」直子嘶啞地笑了，又補上一句：「這些日子以來承蒙照顧了，請多保重。」

周平用茶杯接了一杯水，咕嚕咕嚕地大口喝完。

「可以也給我一杯嗎？」直子站在周平身後。

周平將茶杯洗淨，裝滿水遞給直子。

直子接過茶杯後，說：「杯子裡的要是酒就好了，眞希望大醉一場，忘掉以前的種種，慶祝自己重新出發。」

周平找來一瓶酒，幫直子倒了一杯，直子也找了一只杯子，幫周平斟了滿滿一杯。直子用被紫蘇染紅的手指，大力地碰撞周平杯子乾杯。

辦公室裡，貫太郎和載運石材來的上條兩人面對面。

「你和你前妻之間到底是怎麼回事？」

「我們已經離婚了。」

「有復合的打算嗎？」

「沒有。」

「當眞？」

「當然。」

「那小孩子怎麼辦？」

阿岩拿著圖稿正打算進辦公室，佇足片刻，打消了念頭。

「聽說你離婚的原因是你前妻和婆婆處不來，現在既然你卡桑往生了，爲了小孩著想應該……」

「寺內先生……」

貫太郎不讓上條接話，自顧自說著：「雖然阿守和靜江親近，但小孩子畢竟還是想跟親生卡桑在一起，我知道你喜歡靜江，想和她過下半輩子……但這樣你就硬生生拆散了那對母子。你這個做多桑的，難道忍心嗎？」

上條直視著貫太郎，點頭說了聲：「我先告辭了。」

「等一下！」貫太郎揪住上條的前襟。他又想起那次阿守來家裡玩，喊一個穿和服的女人「卡桑」的情景。「自己女兒第一次談戀愛，我這個做多桑的本來也想睜一隻眼閉一隻眼，可是我只要一想到你們在一起，小孩子就得被迫和生母分開……我就……」貫太郎哽咽著繼續說。「靜江一出生，我就常想像她在婚禮上的模樣，自從害她腳受傷以後，對她的終身大事我更是無日不在乎，總之，我只希望她能找到好歸宿，在晴日裡穿著白禮服……我是這麼打算的。」貫太郎說到這裡，眼眶裡已經盈滿了淚水。「一想到靜江出嫁的日子，有人會躲在暗處哭泣，那眞是情何以堪！喂，你倒說說看啊！」貫太郎知道上條說什麼也沒有用，也懂上條的苦處，只是依他的個性就是不吐不快。

周平躺在床上，白天在墓園發生的事像白日夢般浮現又消失，一早從窗口望見的直子雪白的脖頸也倏地出現，還有她說著乾杯，仰頭把酒一飲而盡時白皙的喉頭。白天曬的醃梅應該已經收拾起，周平卻彷彿還聞得到那股酸酸的味道。

「小平！」是靜江的聲音。

周平走進廚房，只見她不熟練地使著刀子，切著西瓜。

「你知道直子去哪了嗎？」靜江問。

「好像在睡午覺。」

「聽說從事特種行業的人都有睡午覺的習慣。」

「別說了！特種行業東特種行業西的，要是現在咱們店裡倒閉，債台高築過不下去了，搞不好姊姊也得下海賺錢。」

「你看過腳不方便的酒店小姐嗎？」靜江說完，泰然自若地對周平笑了笑。這一戰，看來是周平輸了。

「直子的西瓜我端過去給她。」周平摸摸鼻子說完，端著盤子來到客房前，停下腳步。他心想如果直子這時在換衣服可就糗了，故意輕咳一聲，盤子一個沒拿好西瓜掉到地上，周平慌忙撿起西瓜，就這樣屈身推開拉門。

周平的視線前方，有一張板凳，板凳上的是一雙雪白的腳丫子。眼看著這一秒腳丫子踢翻了板凳，懸在空中，白衣身影在空中擺盪。周平抛下手上的西瓜，撲向直子懸在空中的身體。回神過來時，他和直子兩人都倒在榻榻米上。

「混蛋！妳這個王八蛋！」周平的拳頭不住地打在直子身上。

直子喘著氣，口中重複喊著：「好痛啊，好痛啊……」

周平泣訴道：「還會痛，那就是活得好好的證據。啊啊，太好了。卡桑、多桑、全家人都這麼關心妳，妳怎麼可以尋短見！」

「女人是沒辦法靠這活下去的，」直子呢喃說道。「是沒辦法靠親戚的關心活下去的，我只希望有個男人能對我說：『我們一起過日子吧！』可以陪伴在我身邊，我喊熱時，附和著我……。這才是女人活下去的意義啊！」

周平嚥下一大口口水。

「我……我……妳不是還有我嗎！」

周平緊緊抱住直子，被自己不假思索說出的話語感動著，激動地吻上直子的額、臉和唇。直子淚流滿面，任由周平擺佈。

「我們回來了！」熟悉的招呼聲響起，是琴一夥人回來了。

「啊，她們回來了。」

周平像是惡作劇被揭穿的小孩般，趕忙放開直子：「剛才什麼都沒發生！」

「小平……」

「直子剛剛沒有自殺……總之，什麼事都沒發生過！知道嗎？」說完周平便狂奔而去，大聲喊著：「妳們回來啦！」

一家人準備吃晚飯時，一通電話打來找貫太郎，好像是關於直子工作的事。

「什麼？九萬五千圓……很優渥的薪水啊！」貫太郎掩不住興奮的心情，拿好話筒，追問詳情。「什麼工作？什麼！警衛？」貫太郎一時火起，吼著說：「喂，對方可是女人耶，我不是一開始就跟你說了嗎！對方講的話，要好好聽！」他掛上電話，忿忿地走回餐桌，抱怨著：「今井這傢伙是怎麼聽的啊！」

貫太郎拿起飯碗準備要吃飯時，周平囁嚅著：「那工作，我可以做嗎？」

貫太郎和里子聽得一頭霧水。

「你這麼貪睡，哪能做警衛啊。」里子笑著說。

但周平卻一點也笑不出來，他說：「我是認眞的。」

「那考試的事怎麼辦？」

「我不唸大學了。」可能是因爲亢奮，周平像散步回來的狗哈哈喘著氣，繼續說：「我有想娶的人。」

「你頭殼燒壞了嗎？」

周平推開琴伸來探他額頭的手，像是被鬼魅附身一般繼續說：「和地球的重量相比，一個人的份量……」

「小平，你喘得好厲害，你怎麼啦？」

「……所以，一個人的份量更重於地球……」

「重量？一個人再怎麼重，了不起像貫太郎這樣百來斤吧。」

「阿嬤，妳不要插嘴，我說的是一個人的生命啦。」

「你在說什麼呀？」

「所以……所以……我要結婚……無論如何，我都要娶她……」

「她是誰！」貫太郎厲聲責問。

里子深知此事非同小可，忙問周平：「是眞弓嗎？」

「不是。」

「那是誰！」

「只要她答應，我……」

「到底是誰！」

「這人我們都認識嗎？」里子只說到這裡，因爲此時直子正小跑步著進來。

「對不起，我來晚了。」直子剛洗完澡穿著浴衣，笑得一臉燦爛。她才一坐定便發現氣氛不對。「咦，發生了什麼事嗎？……」

「嗯……有一點……」

里子支吾其詞回應著。琴把嘴裡的醃蘿蔔咬得咔嗞作響，爽俐地說：「因爲這小子沒頭沒腦的忽然就說要結婚啊。」

直子驚呼了一聲，周平則直直地盯著她看。

「說！到底對象是誰！」

「周平……」里子說到一半，便注意到琴對她猛使眼色，還用下巴指著直子。

「小平！」靜江輕喚一聲，美代子一口飯噎在喉嚨。

「喂，幹嘛呑呑吐吐的？到底是哪家的小姐！」

「多桑……」

從里子不自然的聲音和大家的視線投射，貫太郎恍然大悟。

「難不成是親戚嗎！」

周平直直地望著直子，算是代替了回答。

「你這個王八蛋！」

貫太郎衝上去狠狠揍著周平。站在一旁的直子臉上青一陣白一陣。

「你瘋了嗎！」

貫太郎推開上前勸阻的女眷們，繼續朝周平拳打腳踢。

「你們兩個都給我過來！」

儘管臉上淌著鼻血，周平仍護著直子說：「這件事和她無關。」

「你們可是親戚耶！竟然——」貫太郎氣得說不出話來，就連里子也面帶慍色。

「直子，妳說，到底是怎麼一回事？」

周平打斷想說什麼的直子，喊道：「只要沒有血緣關係，就算是親戚也可以結婚啊！」

「小平，冷靜點！」靜江似乎也動氣了。

「想想你們的年紀啊！年紀！」貫太郎咆哮道。

「年齡不是問題！」

「竟然還誘拐有夫之婦呢！」

「她已經離婚了，對方今天打電話來了。」

「直子，是眞的嗎？」

直子神情緊繃地點點頭。

「周平，你冷靜一點，跟卡桑老實說，你爲什麼……」里子搖晃著兒子的身體，語氣滿是懇求。

「混帳東西！」這回輪到里子挨貫太郎的拳頭了。「妳竟然毫不知情嗎？兒子做出這麼荒唐的事，妳這個做卡桑的竟然什麼都不知道！」

「周平，你是什麼時候開始這麼打算的？」

「今天……」

「多桑，這下你怎麼說？」這次換里子揪住貫太郎質問。「今天你一整天都在家，爲什麼沒注意到呢！你沒有察覺到異狀嗎！你說啊，多桑！」

「妳自己沒留心不說，竟然還怪到我頭上！」

「多桑、卡桑，都不要再吵了！」靜江從中勸架，和琴好說歹說，好不容易才安撫貫太郎坐下。

「夫妻要吵架，待會兒回房再吵。」琴說。

里子理了理散亂的衣領，改口對直子說：「直子，好歹妳也說句話。」

「我，我該如何說起呢……」

「玩弄人家兒子的感情，還有什麼好說的！」說著貫太郎的拳頭又欲往直子摜去，周平連滾帶爬到貫太郎面前，護住直子。

「什麼玩弄感情！你也說得太難聽了！」

「喂，你不覺得丟臉嗎！把頭抬起來，看著我！」

這時電燈突然熄滅了，只聽到琴嘿嘿笑說：「烏漆抹黑的，這下子他想看你也看不到了。」

「停電了嗎？」

「還是保險絲斷了。」

寺內家的電路一向是周平負責維護。燈一滅，周平的氣勢也跟著消了大半，他像往常一樣打算去查看電路。

「你別想逃！」貫太郎斥喝周平。

「可能是附近有工程或是變壓器故障吧。」

「拿手電筒來！」

里子窸窸窣窣地從茶櫃中找出手電筒，貫太郎搶過去，「啪」一聲打開，光線照在周平臉上。

「喂，繼續說！你有想過你的責任嗎？你可是寺內家的繼承人啊！」貫太郎就像記者將麥克風遞向受訪者一樣，用手電筒一一照著發言的人。

「小平，你這只是一時的迷戀罷了！」

光源先打在靜江臉上，接著又移到里子身上。

「你只是因爲發燒，燒得一時糊塗啊！」

「大家都聽我說，今天我一早就在想，生命和生命的意義是什麼？愛人和被愛又是什麼……」

貫太郎手上的手電筒光源又打在周平臉上，搖搖晃晃的光線反射著他閃閃發亮的眼睛。貫太郎又轉而照著自己的臉。

「別胡說八道了！」燈光由下往上投射在貫太郎臉上，讓他活像是發胖的科學怪人。美代子暗自在一旁笑得打顫。

「像這些，這些人生中最重要的事，」光圈像是熱氣一般游走在周平臉上。「人可能會在一天之內同時頓悟啊！那一天就是命定的一天。」

「所以呢，這跟結婚又有什麼關係呢？」里子尖聲問道。

「你到底在說什麼鬼話！難道你們已經做……」

「你胡說什麼啊，多桑！」

「我們絕對沒有！」

此刻，在手電筒光線照射下的直子看起來美極了，她凝視著前方的黑暗，表情絕望地說：「接到外子從足利打來的電話、說要離婚的那一刻，我已經做好覺悟了，不過剛才一時千頭萬緒，突然覺得不想活了，我，我……」

「讓各位久等了……」這時，琴手上捧著一個供燈進來。

在琴手中晃動的燈火照耀下，話說到一半的直子把剩下的話給吞了回去。蠟燭燃燒發出的滋滋聲和焦味，讓客廳顯得格外溫馨。里子拿走貫太郎手中的手電筒，一把關掉。

「呵呵，大家在生什麼氣呀？」琴用手遮著供燈，注視著直子，一字一句清楚地說：「大家都是一家人嘛，不要『吵架』嘛，不能就說說『笑話』嗎？」

周平囁嚅著說了「我」，正要往下講，直子微弱的笑聲搶在前頭。

「周平，對不起。」

「欸？」

「周平，你眞的以爲我想不開嗎？」

周平眨了眨眼。

「再怎麼說，也不能在別人家上吊啊。我只是想，如果死了的話就解脫了，鬧著玩的，沒想到周平你就當眞了……」

「妳說謊！」

「我承認當時我太隨便了，我最近心情一直很差，只有和周平聊天的時候能開心一點，不禁心想如果有這樣的弟弟就好了，很羨慕里子有這麼個可靠的兒子，自己也想找個好男人結婚、生個兒子……，不過好像還是做錯了什麼。」

「……」

「我想周平心裡也清楚，他是見我那麼沮喪……才會說要和我『結婚』……他只是想讓我振作起來……對不對？」

周平正打算開口，燈忽地亮了。

「啊，燈亮了！」

然而室內一變亮，剛才昏黃燈火下的那種溫馨感也不復在。在眾目睽睽下，周平發出話不成聲的呻吟，跑出去了。

「周平……」直子小聲地喚著他，但周平沒有回頭。琴吹熄供燈裡的燭火，漆黑的中場鬧劇也宣告結束。貫太郎像風箱似的嘆了長長的一口氣。直子雙手扶地跪坐在榻榻米上，鄭重開口。

「謝謝大家這段時間的照顧。」

周平站在闃黑的晾衣場，遠處的煙火裝飾著夜空一角，然而眼神渙散地盯著天空的他，什麼都沒看到，什麼也聽不進去。

直子坐在小酒館「霧雨」的吧檯，到東京時帶來的旅行袋就擱在腳邊。阿岩師傅就坐在直子身旁的位置，喝著酒。媽媽桑涼子今天照舊話不多。倉田先生也坐在老位置上，默默獨飲。

「請替我轉告周平，他的心意我眞的很高興……」

「雖然不清楚是怎麼回事，我會替妳轉告的。」

「我總是做出一些無法一笑置之的事情來啊……」

「有些事還是笑一笑就讓它過去比較好。」

阿岩爲直子又倒了一杯酒。

「將來妳會懂，這樣做是對的。等四、五十年後，我們再回頭看當年，年輕時迷戀年紀大的女人，血氣方剛，意氣用事，當時實在太年輕了……啊，回憶就像煙火一樣，最後只會在心底記得最美好的部分。」

涼子爲倉田先生的杯子斟滿酒。直子則盯著自己被紫蘇葉染紅的指尖看，而上頭已經不再有梅子的味道了……

里子把裝梅乾的瓦甕密封貼上封條，封條上寫著「梅乾，昭和四十九年（註）夏」。

貫太郎吐出一個像變形甜甜圈的煙圈，還在抱怨著說：「周平這傢伙，不知又要搞出什麼花樣來，眞是的……」

「多桑，你也曾經這樣過嗎？」

「什麼？」

「你年輕的時候，愛慕過成熟的女性嗎？」

「才沒有！」

「眞的嗎？一定有吧。」

「硬要說的話，大概是小學的時候吧。」

「女老師嗎？」

「嗯。」

「那人漂亮嗎？」

「那時候總在心裡想，怎麼世上會有這麼漂亮的女人……，可是有一次不經意聽到她的小便聲，熱情頓時被澆熄了。」

「不過，現在看來，也成了美好的回憶吧。」

貫太郎不作聲。

「大家都是這樣的吧。」

「字眞醜，我來重寫。」

貫太郎拿起毛筆，以蒼勁的筆跡寫下「昭和四十九年夏，梅乾」等字。

這時，身穿運動服的周平在夜晚的谷中跑個不停，像要擺脫什麼似地狂奔著。而他的感冒，早就已經痊癒了。

註：即為西元一九七四年。

國家圖書館出版品預行編目資料

寺內貫太郎一家／向田邦子著；蘇炳煌譯. -- 初版. -- 臺北市：麥田出版：家庭傳媒城邦分公司發行, 2008〔民 97〕
面； 公分. --譯自：寺內貫太郎一家

ISBN 978-986-173-350-0（平裝）

861.57 97002802

TERAUCHI KANTAROU IKKA by KUNIKO MUKOUDA

Originally published in Japan in 1983 by SHINCHOSHA PUBLISHING CO..
Complex Chinese translation rights arranged with SHINCHOSHA PUBLISHING CO., TOKYO through DAIKOUSHA INC., KAWAGOE.

寺內貫太郎一家

原著書名／寺內貫太郎一家
原出版者／新潮社
作者／向田邦子
翻譯／蘇炳煌
副總編輯／戴偉傑
責任編輯／張富玲
發行人／凃玉雲
總經理／陳蕙慧
出版／麥田出版
城邦文化事業股份有限公司
100 台北市中正區信義路二段 213 號 11 樓
電話／(02) 2356-0933
傳眞／(02) 2351-9179 (02) 2351-6320
發行／英屬蓋曼群島商家庭傳媒股份有限公司
城邦分公司
104 台北市中山區民生東路二段 141 號 2 樓
網址／ www.cite.com.tw
讀者服務專線／ 02-2500-7718 ： 02-2500-7719
服務時間／週一至週五：09：30 ～ 12：00
13：30 ～ 17：00
24 小時傳眞服務／ 02-2500-1900 ： 02-2500-1991
讀者服務信箱 E-mail ／ service@readingclub.com.tw
劃撥帳號／19863813
戶名／書虫股份有限公司
香港發行所／城邦（香港）出版集團有限公司
香港灣仔軒尼詩道 235 號 3 樓
電話／(852) 25086231 傳眞／(852) 25789337
E-mail ／ hkcite@biznetvigator.com
馬新發行所／城邦（馬新）出版集團
Cite (M) Sdn. Bhd. (458372 U)
11, Jalan 30D/146, Desa Tasik, Sungai Besi,
57000 Kuala Lumpur, Malaysia
電話／ 603-9056 3833 傳眞／ 603-9056 2833
總經銷／農學社
電話／(02) 29178022 傳眞／(02) 29156275
排版／浩瀚電腦排版股份有限公司
印刷／中原造像股份有限公司
□2008 年（民 97）3 月初版
售價／260 元 Printed in Taiwan